中国少数民族
文学之星丛书

飞越群山的翅膀

阿卓务林 著

作家出版社

编委会名单

以民族的情意，打造文学的星辰

——"中国少数民族文学之星丛书"总序

邱华栋　彭学明

"中国少数民族文学之星丛书"是中国作家协会少数民族文学发展工程的一个新项目，于2018年开始实施，由中国作家协会创作联络部具体组织落实。出版"中国少数民族文学之星丛书"的目的，是重点培养少数民族文学中青年作家，打造少数民族文学精品，为那些已经在少数民族文学界和全国文学界成绩斐然、广有影响的少数民族中青年作家，再助一力，再送一程，从而把少数民族文学最优秀的中青年作家集结在一起，以最整齐的队伍、最有力的步伐、最亮丽的身影，走向文学的新高地，迈向文学的高峰，让少数民族文学的星空星光灿烂，少数民族文学的长河奔流不息。以文学的初心，繁荣民族的事业；以民族的情意，打造文学的星辰。

入选"中国少数民族文学之星丛书"的作家，必须是年龄在50岁以下的在少数民族文学界和全国文学界广有影响的少数民族作家。不管是否出版过文学书籍，只要其作品经过本人申请申报、各团体会员单位推荐报送、专家评审论证和中国作协书记处审批而入选的，中国作协将在出版前为其召开改稿会，请专家为其作品望闻问切，以修改作品存在的不足，减少作品出版后无法弥补的遗憾。待其作品修改好后，由中国作协统一安排出版，并进行广泛的宣传推广。

中国是一个多民族的大家庭。每一个民族都沐浴着党的民族政策的光辉、感受着党的民族政策的温暖，都在党的民族政策关怀下，蓬勃发展，欣欣向荣。在这个伟大的新时代，我们正创造着中华民族的新辉煌。每一个民族的发展与巨变，每一个民族的气象与品质，都给我们提供了生生不息的创作源泉。我们每一个民族作家，都应该以一种民族自豪感，去拥抱我们的民族，以一种民族责任感，为我们的民族奉献。用崇高的文学理想，去书写民族的幸福与荣光、讴歌民族的伟大与高尚；以文学的民族情怀，去观照民族的人心与人生、传递民族的精神与力量。

我们期待每一位少数民族作家，都能够到火热的生活中去，到广大的人民中去，立心，扎根，有为，为初心千回百转，为文学千锤百炼，写出拿得出、立得住、走得远、留得下的文学精品。不负时代。不负民族。不负使命。

2019 年 5 月 18 日

目 录

第二辑　　天堂的粮票

第三辑　　美好的时光

"我也会有游到大海的一天"

——序阿卓务林诗集《飞越群山的翅膀》

张清华

  迄今为止我没有见过阿卓务林，但读到他的诗歌却有些年了。我印象中这批大凉山或者川滇高原上的彝族兄弟，大都有着黧黑而精神的面庞，有着热情似火、豪爽好饮的性格，不知道阿卓是否也是如此。高原的阳光还有山地的莽苍，给了他们太多与生俱来的诗意情怀，每当读到他们的诗，都意味着同时在阅读一部高原之书，一部山地丛林的壮观的自然之书，有着几许来自天上的神卷的气息。

  阿卓务林也是如此。他的诗给我最强烈印象的，就是作为自然之子的想象与形象。他是一只鹰，一只从大山和丛林中来到城市上空睃巡，同时又依依眷恋着那世外自然和渺远天空的鹰，带着几分投入与犹疑、热烈与失落，也带着他隐秘的雄心和不屈的意志，带着孤独和被拒绝的经验，坚定而又矛盾地飞翔着，寻觅着。

   一只鹰在风的拍扇下鼓动着云朵
   远离族群生生不息的山岗

这只有着与生俱来的乡愁的鹰，当然也有着锐利的目光、灵敏的嗅觉，有着一声不响的冷静，以及深不见底的智性与思考，但他仍然是一只有着孤单感的、浪漫本性的鹰。"一只鹰在城市找不到爱情／城市上空的烟雾射不进光芒"，"一只鹰的爱情如此雪白／犹如它素洁的羽冠一尘不染"，"一只鹰在城市张不开翅膀／城市楼房的缝隙照不进光亮"。他和城市之间还是有着格格不入的一面，他是一个城市的他者。但无论如何，他不会低头，不会放弃他的雄心和意志：

要么一声不响，要么轰轰烈烈

这就是鹰的话语。这种话语使歌者与世界保持了距离，也使诗意保持了高度，以及与一般世俗情感之间的张力。

身份感对于诗人是重要的，常常它就决定了写作者言说的性质，阿卓务林的身份感是如此强烈，在许多作品中都表达了这种意识。在《火古昭觉》一诗中，他强调了故地和精神之根对于他的召唤："……没有一条道路／不通向罗马／我却以我的方言赶路／惟恐激怒了母语／弯走万里路"，显然，有一个广阔的世界在召唤他，但来自祖先与血地的冥冥之中的标记，却更在无意识中等待和指示他。"火古昭觉"是彝语地名，为大小凉山彝族文化的发祥地。"罗马"构成了"昭觉"的远方，但这个远方与"母语"和"父命"比起来，还是那么的陌生。

作为彝人的歌手，阿卓务林不止是一个身份的坚持者，也是一个现代意义上的思考者和求索者，这就像河流源于母亲般的土地，却最终要汇集着流向远方一样。在《倔强的河流》一诗中，他表达了这种坚韧："这条河流／从我出生那天以前的以前／已经在倔强地流淌了／不论刮风下雨／它都没有请过一天假"——

> 哪怕是一秒钟
> 它也不会为谁而停留
> 如果我有它的那股倔强劲
> 我也会有游到大海的一天

游到大海那一天，便是诗人所期待的那个时刻，是歌手被世界召唤和认可，在更广阔的远方传扬的境地，当然会激励着大山之子，以百折不挠的意志迂回向前。

显然，游到大海也意味着一个现代性的生成，一个认同的身份的生成，它意味着歌手融入了世界，同时也成了他梦想的自己。我注意到，在阿卓务林的诗中，有很大一部分都是表达这样一种意愿的，他所有的抒情力量与冲动的泉源，都是来自于这种意识。这种强烈的身份感，是内地诗人所不具备的。

谈到了抒情性的问题。当今人们通常已经不愿意承认抒情在我们时代的合法性，因为"我是谁""写作为何"，这样的问题已经大大困扰了写作者。浪漫主义者不容置疑的主体性，对于世界的神性认知，在现代以来受到了严重的质疑，所以诗人们在谈论写作时，普遍对抒情抱以警惕。但必须承认一点，在文化的边缘地带，在那些自然地理尚未完全去魅的地方，仍然有支持抒情写作的可能。

这就是为什么当今中国的诗歌仍具有强烈的"文化地理"属性的依据。对于西南地区的少数族群来说，抒情写作仍然有着强大的生命力。在彝、藏、羌以及更多少数民族兄弟那里，自然、民俗、传统、语言、生存状况等等，依然是支持抒情诗的广泛根基。

在阿卓的诗中，我看到了这种抒情写作的脉系与构成——他自觉地增加了现代主义式的分析，甚至少许和局部的自我犹疑与颠覆，并且夹杂以"叙事性的中和"，因此使得他的抒情显得非常丰富，并不单一，更非单质。但是基于前文所说的那种强烈的"身份感"，他还是将自己定位于一个抒情诗人，一个属于大山的、族群的、有着祖先的坚定基因和文化使命的歌手。

> 当另一阵更大的风
>
> 从海洋刮向森林
>
> 黑马的翅膀被风吹断
>
> 黑马再也飞不起来
>
> 但它仍不死心
>
> 仍在用滚烫的蹄子
>
> 寻找飞翔的灵感

这是他的《黑马的翅膀被风吹断》中的诗句。这黑马来自其祖先或者神话，它一路飞奔而来，身上负载着祖先的记忆或者父母的嘱托，附体于这个年轻的歌者，让他在历经跌宕与挫折之后，仍然渴望奔驰和飞行。

令我感动的，是其中的一个类似"弥赛亚式的命运感"：这黑马既是无可推卸的"被选择者"，同时又是海子所自述的那种"单翅鸟"，所以便产生出"飞不起来"同时又"不死心"的痛苦与命运感。由这种冲突所带来的人格情境，构成了抒情的基础，同时也生成了某种现代性意味。

从这个意义上，阿卓务林的抒情确乎接近了一种合理的境地。

还有魅性的问题，但这个问题非我所长，因为我对于彝人的生活缺少近距离的考察，实在谈不出有价值的话题。但我想与语言放到一起，事情或许会简单一些，因为某种语言方式，便意味着相匹配的生活方式。"以汉语书写的彝人诗歌"，这个奇特的构造让我看到两种东西的交汇，或者透过汉语看到那个依稀可见的异族兄弟，他们并不相同的想象方式与生存方式——

哦，那个人
操着叽里呱啦的彝语
刚刚从山坡上风风火火跑过去
像去追赶一次盟约
那个人，他是我前世的父亲

哦，那个人
穿着花枝招展的衣裳
刚刚从小溪旁嘻嘻哈哈飘过去
像去奔赴一场盛会
那个人，她是我来生的情人

前世的父亲、来生的情人，可能他们并不在一个时空中存在，但是在诗人的笔下，他们却如同触手可及，生存于同一世界，这是令人神往的。

但这似乎还不能说明语言与思维的张力，我必须借助另一个极端的例子，来强调"语言的物性"所带来的"异物感"。在阿卓的诗中，这类例子有很多，比较典型的是这首《渊源》：

> 子俄古火，古火年谷，年谷朴俄
>
> 朴俄底俄，底俄土惹，土惹土翅
>
> 土翅棉银，棉银棉基，棉基博底
>
> 博底勒伍，勒伍念暖，念暖阿素
>
> 阿素普低，普低克惹，克惹吉伙
>
> 吉伙皆布，皆布木惹，木惹阿卓
>
> 阿卓毕格，毕格金给，金给依品
>
> 依品萨金，萨金牧嘎，牧嘎比尔
>
> 比尔尼秋，尼秋布火，布火尔坡
>
> 尔坡泽蒙，泽蒙子冈，泽蒙子坡……
>
> 他们仅仅是一群绵羊，仅仅是只有我
>
> 和我的子孙们读懂的密码
>
> 他们只适合在我的牧场出生、成长
>
> 最后悄无声息地死去
>
> 惟有山岗上生生不息的风
>
> 世代传诵他们被草染绿的谱牒

坦率说，我可能并未读懂这首诗，这些陌生的词语，或许是人名、或许真的"仅仅是一群绵羊"，甚至只是一些单纯的音节，我无法获知其中的意思，但它强烈地震撼了我，它们之间的铿锵而"无法辨认"，它们名字的与其说有、不如说形同于无，让我更鲜明地感知到"存在"本身的短暂和虚无。两种语言的杂糅几乎诞生出了一种新的语言，这是特别有意思的一种体验，也是无可替代的一种创造。

　　我意识到，这也是一种有意思的对话，两个具有不同族群文化背景的人，用同一种语言来抵达理解，中间既留有大片的空白，同时又有着兄弟般的亲和与神会，阅读变得神奇而美妙，语义也变得丰富而多解，真是一种珍贵的经历。

　　阿卓的诗令人欢喜，给人冲撞，有机敏又有执着。希望他能够有更多超越身份拘囿的勇气和自觉，面对传统的古老召唤时，能够以另一个更为强大和理性的现代主体，去激活和改造它，从而获得更多复杂而现代的诗意，并因之抵达"游到大海的一天"的那种宽广而自由的迷人之境。

　　谨以为序。

2019 年 1 月 20 日，北师大京师学堂

第一辑

无邪的山

故 乡

故乡就在脚下
再怎么用力踩
它也不会喊疼
千百年来
它已经习惯了
我们的摔打

故乡有很多这样的人
他们习惯了苦和痛
无论穷到何等可怜的境地
火光下，照样谈笑风生
仿佛除了简单欢喜
人间再无紧要事

这些习惯了忍受的人
没遮拦的笑容
是他们古老的隐身衣
紧裹着他们
走过春夏和秋冬
你很难从他们的身上
体验到生活的艰辛

一只鹰

一只鹰在城市找不到爱情
城市上空的烟雾射不进光芒
一只鹰在风的拍扇下鼓动着云朵
远离族群生生不息的山岗

一只鹰的爱情如此雪白
犹如它素洁的羽冠一尘不染
尽管那是一个盛满智慧的头颅
要么轰轰烈烈，要么一声不响

一只鹰的眼睛能够抵达远方
就像太阳普照万物
一只鹰在城市张不开翅膀
城市楼房的缝隙照不进光亮
一旦天黑了，一只鹰
要么一声不响，要么轰轰烈烈

峡 谷

一只年轻的岩羊
悬崖上飞鸟一样飞过去
矫捷的牧童把它误作
暮归的山羊，紧紧地跟在后头
上气不接下气

一枚走散的滚石
山坡上游鱼一样游下来
湍急的江水把它误作
回乡的游子，打开门扉
斟满祖传的美酒

只要听懂小鸟的歌词
我就能从此岸的树林
与彼岸的心上人
说悄悄话，让彼此的呼吸
适合夜晚的胃口

只要学会蜜蜂的方言

我也能从杜鹃花的花蕊
读见春天的讯息
让种子的眼睛
闪现翅膀腾飞的一跃

腊　梅

雪，征服了整架山梁

那些高大的树木

和卑微的小草

一夜间白了头

那些走过长江的走兽

和飞过蓝天的飞禽

一夜间迷了路

而一株不起眼的腊梅

却最先点燃自己的枝丫

并点燃了整个冬天的火绒草

只要土地还有发绿的力量

纵使布谷鸟不在场

春天到了，绿色的河流

照样会从山下漫上来

雅砻江

大山让路

一条鲁莽的大河

卷走两岸巨石

卷走苍茫的历史

一个同样鲁莽的家族

从它的身旁路过

却没有一个人

敢于念诵祖先的咒语

他们身后的竹林

长成了扶手的拐杖

一位逃命的奴仆

跳河游了过去

后来他逢人便说

那条伟大的河啊

它挡住了一个民族

火古昭觉①

女人之中的女人
裙子拖地的母亲
我是你土豆养大的儿子
翻越一架陡峻的山梁
游向一条海阔的江河

男人之中的男人
云髻冲天的父亲
我是你羊奶喂大的女儿
穿过一片贫瘠的苦荞地
走进一垄冒汗的甘蔗林

没有一条道路
不通向罗马
我却以我的方言赶路
惟恐激怒了母语

---

① 火古昭觉，彝语地名，即四川昭觉县，大小凉山彝族文化发祥地。

弯走万里路

没有一条江河
不流入大海
我却以我的家谱渡河
生怕违背了父命
错去千条河

当众鸟归林后
我吹嘘的那些美事
全都借用你
我夸大的那些海口
也在你身上灵验

西朵拉达①

荞麦金黄，果实充满阳光

耳熟的山歌飘自远山

落进心田，有如天籁般酥甜

亲人的音信翻越火塘

抵达彼岸，不受污染的干净

是哪一朵白云驮来的母语啊

那么标准的乡音，让故乡的雨

溢出一个男人的眼眶

待我对月把酒，欲泪还羞

一列火车从西朵拉达驶过

穿透秋风，穿透夜色

穿透北部方言颤音的源头

我本该不是客人

却胜似客人

下一站，应该叫宁蒗

家谱是你千年的餐券

彝语是你万年的船票

---

① 西朵拉达，彝语地名，即四川喜德县，现代标准彝语发源地。

倔强的河流

这条河流

从我出生那天以前的以前

已经在倔强地流淌了

不论刮风下雨

它都没有请过一天假

哪怕是一秒钟

它也不会为谁而停留

如果我有它的那股倔强劲

我也会有游到大海的一天

丽江古城

磨得发亮的石板路上
寻不见众人的一枚脚印
这正好说明，闲步而过的人
数量之众

源于雪山的溪水
流过小巷小桥
在几千年后的今天看来
像陈年的老酒，越发地醇香

来自时尚都市的游客
放慢脚步，悠然地走着
像是真的回到了从前的从前
那么老练，那么单纯

乌 鸦

叫向西方的雪山

一位女子虎口脱险

叫向东方的平原

一位男子死里逃生

叫向北方的沙漠

一位老人历经劫难

叫向南方的海洋

一位孩童重见天日

乌鸦，乌鸦

当乌黑的翅膀倾巢祷告

请赶快闭上你的乌鸦嘴

在这个世上，有一些洞穴

早已只此一家

别无分店

布谷鸟

你呼唤农民的时候
我正走向刚刚种下洋芋的山地
今年注定是个丰收年

你呼唤雨水的时候
我刚好坐在草地上悠闲地赏花
今年注定碰上桃花运

亲爱的布谷鸟
下一次你准备呼唤子女的时候
请提前咳嗽一声

我要带上儿子
牵着那条老脸老嘴的老狗
到山后去牧羊

我要让儿子去和它们交朋友
让他的一生，都不至于
挂羊头，卖狗肉

云 南

每棵树
都能唤醒一句鸟语
每叶草
都能捏出一滴水声

风从坡上吹过
吹开非著名野花的心扉
人们以劳动者的名义
生活在春天的眼皮底下

孔雀往北飞，飞到云南
羽毛开花了，可以装点河山
海鸥往南飞，飞到云南
翅膀变硬了，可以翻越重洋

鸟语花香的云南
一路绿着，绿了千万年

云南的天空

云南的天空
蓝得没有一点把柄
再怎么难看的云彩
也可以在它的上面
涂下一幅精美的油画

云南的天空
蓝得没有一丝杂念
纵是没有一个人去擦洗
它也干干净净
照见世界吐出的光焰

云南的天空
像草原一样辽阔
适合牧放冬天的羊群
在我心魂不定的时候
看它一眼
我便感到无比的富足

一场雪

一场雪始自一片雪花，始自石佛山
就像现在，一阵风从喇嘛寺吹来
最先摇曳的，是寺庙背后山高的大树
一场雪覆盖狗钻洞垭口，覆盖巴二桥
最后覆盖海拔 2240 米的宁蒗县城
一场雪覆盖滇西北土著民族的山神
一个地区的思想，白了。这场雪细腻而
纯洁，我们暂时可以忘记黑色的垃圾
甚至忘记灿烂的笑容。一切脏了的事物
显得干净了许多。我们还可以从零开始
漫长的想象，然后从一到二，从二到三
从三到万物。显然，繁荣昌盛的大地
亿万年前也定是如此诞生在一片
没有血色的空白之上。一场雪的想象力
漫无边际。它甚至可以把五彩斑斓的世界
想象成一张白纸，直到人们开始在上面
肆无忌惮地涂写，完成转瞬即逝的想象

鼻梁山

﹅

到我二弟家，需要走三天三夜
外加一杆烟工夫。父亲眼前
是条凹凸不平的羊肠小道
脚下是云南宁蒗大观坪

越野车像漏风的筛子，左右颠簸
上下跳跃，穿行于莽莽森林
穿行于高山深谷。一分钟
有时候真有一个钟头那么长

咱俩就像神出鬼没的五月獾猪
一辈子，难得见上三回面
其实咱俩，同一母亲的儿子
父亲心头潮湿，眼睛模糊

围绕一架山梁，我们拐来弯去
三个小时的尽头，溪水雪凉
泪水火热，四川羊子塘的炊烟

正在缭绕父亲吐出去的云雾

鼻梁山啊，三个小时越野车的距离
你竟隔离了两双眼睛充满忧伤的一生
而在那个该死的年代，你硬是立在
凉山大地，从来没有矮下去的意思

神 山

我的高山有风，但它不会起浪

多数时候，野生动物是温和的

天然植物是善良的

河流与泉溪，偶尔也会发怒

但不是你想象的那样坏脾气

一股冷风从雪山吹下来

把我长发吹成了森林

脸上不仅冷，甚至有些冰

但也没有你想象的那么小心眼

我的高山不通电，所以树脂精灵

松明普度众生；我的高山不通公路

所以翅膀裸露，云朵擦亮马匹

我的高山不通自来水，所以雪是干净的

就如牛羊弯角的旨意，雨后泥香的方言

我的高山站得高，不用低头应答

我的高山长得土，土得像神

夜之子

南高原突然静了下来
只留下一只无名小虫
为夜的幽深发布悠长的感叹
它的嗓音，和我一样沙哑
迷离，带有淡淡的忧伤

这只小精灵肯定是知道了我的
心事，它把我最后一丁点睡意
唤得空空荡荡，思绪茫茫
哦，今夜，除了这只小精灵
和我，南高原睡得死死的

飞越群山的翅膀

它们彼此靠得很近，互相呼唤着
它们的叫声嘈杂而有序，交响而合拍
就像非洲部落男女老少嘹乱的腔调
听来叽里呱啦，但绝对有情有义
它们队列整齐，喙骨一致，有一刹那
它们竟在天空排成一道狭长的幽径
多么优美的线条啊，可惜转瞬即逝
显然，群山之上的风暴是猛烈的
足以折断任何翅膀向远的目光
它们中的一只掉了下去，然后是两只
三只、四只……但它们没有掉转方向
向上，徘徊。再徘徊，再向上
它们终于从雪山的垭口飞了出去
它们中的一些，是第一次飞越这个垭口
而一些，将会是最后一次

青黄不接的春天

天不冷不热，刚好可以焐热
一枚胆小的鸟蛋。风不慌不忙
刚好可以把一粒苦荞籽哆嗦的外壳
吹落。雨点不大不小，刚好可以
让一朵杜鹃花尽情地绽放

蝉鸣先是一声、两声，最后合唱
让人烦躁不安。蛙吠先是低沉的颤音
最后越来越吵，连溪水也被鼓动
快要淹没稻田。鸟语此起彼落
先是聒噪，最后乱似耕牛身后的吆喝

那些羊毛披毡般披在群山之上
破败不堪的黄土坡，摇身一变
全成精心染色的花边。那些补丁般
镶嵌在山梁的水浇地，开满了洋芋花
那些露出尸骨的河床，也绿了

哦，面貌粗鲁的大山又一次变得

花里胡哨，难以辨认，春天终于有了
春天的模样。而我那些青黄不接的亲人
此刻正在采撷圆根萝卜多余的花朵
至于花的颜色，他们顾不上欣赏一眼

宁蒗的蒗

你说你不会拼读宁蒗的蒗

这并不奇怪，与你的阅历和学识

也无关联。它仅仅说明

你从未到过此地。翻开《现代汉语词典》

宁蒗的蒗的确形单影只，孤寡落寞

它虽然与"浪"同音，但一点也不浪漫

一点也不多情。它仅仅和"宁"字

组合成一个彝族自治县

但对我而言，这个字就是巢

就是家，就是土豆，就是燕麦

就是给我生命的母亲，就是祖国

此刻，我就在这个字所覆盖的土地上

谈情，说爱，娶妻，生子，做梦

死去的翅膀

世界静得反常。起初
我误以为那是一只风筝
从雪山之巅徐徐飘来

向着我，说明它在往前
向着大地，说明它在下沉
它的运动轨迹清晰、明了

它在空中足足晃荡了半个时辰
最后擦着我的脸，落在身后
一只雄鹰停止了呼吸

在那一刹那我听见有谁轻声叹
纵使死了，纵使葬入泥土
也用向前飞翔的姿势

夜宿泸沽湖

今夜，泸沽湖把所有的油灯

点亮了，就像另一个地方的天空

为另一个人点亮了星星

今夜，泸沽湖为我盛满了忧伤

就像另一个地方的田野

为另一个人收容了夜色

顺着湖畔，我用手指缝隙

漏下月光，漏下心跳

无名小虫的聒噪，似乎谁的有意安排

没有人能停止脚步，放弃幻想

风响过湖面，影子静静摇晃

村子最东边慌张的男低音

也许将抵达西侧的山脚

也许将赶上南角的马蹄印

村子最北端阿妹酒吧飘来的乡音

带有苦荞花涩涩的香

鸡鸣此起彼落，有的梦

已经醒来，有的梦将要绽放

甜蜜的媚笑，而眼睛已经替你说出
内心全部的秘密。这么静的夜
不适合大声喧哗，不应该强人所难
嘘，小声点，再小声点
不要吵醒她呢喃的情话

泸沽湖畔驻足远望的马

不止玉碎之后天蓝的湖水，不止
石破之后蛇行的岛屿，不止风平之后
浪静的传说，不止美景，不止佳人
不止幻想中来路不明的奇迹，不止
预算里深藏若虚的艳遇，不止磨得出汗的
手心，不止佯装致意的手背，不止甜言
不止蜜语，不止爱，不止恨，不止
我注意到慢动作的风吹，慢动作的草动
注意到肆意翻飞的经幡宛如谁的灵魂
行进在梦游的路途。注意到游人中
驻足远望的虔诚，和他翻江倒海的内心
注意到羽毛洁净的候鸟落座的姿势
和筑巢的方位。在泸沽湖畔，我还注意到
一匹云南马微弓的腰，和它细碎的舞步
注意到翻过山梁的视野，它体内聚积的安宁
和背负的喧嚣。它的目光坚定，但柔和
它的呼吸急迫，但平缓。它需要温顺的品性
以承载不同肤色的体重，正如它的主人
需要灿烂的笑容，以应对不同口音的追问

北京，北京

北京，我一眼望见的仅仅是高楼
仅仅是眼前这几栋金光闪闪的高楼
而它们，仅仅是你万分之一的脸

北京，我想用最人民的语言
大声对你喊——我爱你
爱你的嘈杂，爱你无边无际的大

无邪的山寨

寨名大观坪。树木内心深藏传说
神出；讲给子女和野风的故事
鬼没。神话和古歌编织的故乡

早安。杜鹃花开急，布谷鸟语慌
绵羊群咩咩吵醒睡懒觉的年猪
苦荞花沙沙打开粗心大意的栅栏

耕牛闭目养神。云雾升自壮年男子
土豆做的烟斗，传说中翻滚的姓氏
滔滔怂恿。前尘往事一闭一合地亮

晚星星。牧童甩打青冈鞭子
识途老马响鼻由远而近。门轻掩
隐去夜色，做天下最神仙的梦

烧熟的陨石洗黑苦艾，洗白青刺果
一家人围坐一团。哈气，取笑，吟唱

铁锅庄红着脸，等候主人一声感叹

寨名大观坪。冷凉，神出鬼没
小，只容得下七十二口人。不听话的
都已搬走，留下的男孩无邪

依佳拉达

依佳拉达，被大山层层包围
陷在森林深处。一条著名的河
从此开头，并流向世界
依佳拉达，我的父母出生地
那里的孩子，全部与我沾亲带故
他们没有我幸运，更没有那条河
幸运。他们腼腆、羞涩
对山外的事物，知之甚少
那年一位美国佬突然闯入
他们的领地，把他们吓得半死
慌着挨家挨户奔走相告
惟有七十岁的阿卓阿普
慈善地说：给他烧两个洋芋吧
如果他不是上帝，那他
肯定是饿鬼，不然
天底下哪有这么苍白的脸

海的诱惑

雪一样白的云朵铺到古滇国
一架叫不出名字的山梁之后
骓的一下，融化了
空阔处，山外更高的山

我一辈子生活在高地
被象群般绵延的群山所淹没
我想象中大海的样子
有母亲的呼唤，草原般辽阔
有情人的眼神，森林般清香

我想象中大海的样子
无边无垠，像托斯卡纳的木桶
竹篾紧箍的靴子，盛满深蓝色的葡萄酒
若可奢侈一次，只想扑进她的怀里
痛饮千杯

高 地

那天，云的泪水打湿南方卜语
那天，雷的鼾声惊醒部落羊皮鼓
那天，风的火镰点燃燧石旨意
那天，巫师的泥菩萨加重山的体重

那天，树苗长向天空，煽情的旅鸽
恋爱的云豹，抬起头寻找生机
那天，种子飞入荒原，怀孕的女子
哺乳的猕猴，弯下腰捡拾粮食

那天，天空晴朗，远处黑曜岩
被阳光抹上篝火滚烫的手印
那天，酋长死了，他的遗言
已成绝唱，再无人能破译

那天，来不及叹息，它们带走了孤独
带走了爱与恨、情与仇的往事
那天，来不及命名，它们消失在大海
消失在美与丑、善与恶的夜空

山东山西

天空没有路，鹰的翅膀扇开路
云飘向何方？春天花云雀
今年见到的脸色，总与去年见时
一样土，风为谁颤鸣

记忆起，象群般倚叠的山
把茅草屋扛在肩头，拂拭苍穹的样子
错综的河，把它们拉得很近很近
走亲串戚，却要一湾又一湾

记忆起，父母已老，他们
传给我忧郁的脸、煽情的歌谣
却没有传给我抚慰灵魂的秘笈
回望来路，心常常乱作一团

记忆起，我是凉山土著的后裔
而三百年前埋藏毕摩经书的岩洞
到底位于山东山西，还是河南河北

他们闪烁其词，没有回答

你呢，站在都市高楼下
我知道你距离妻子尚有三十三盏红灯
距离故乡尚有三天三夜车程
距离远方，近一些了么

群山之上

山岗上去年积的雪
丝绢般装饰着天际，万万岁的风
吹着万万年前的口哨，向山下喊
春天。白花花的绵羊群
像河流，流淌在河谷，流淌在牧场
这父亲的银锭，母亲的铜铃
大地在蹄子与蹄子的碰撞声中
孕育着重量。水灵灵的牧羊女
遁入冬眠的草甸，惟有头上被晨曦
染红的丝巾，风中桦叶般招摇
埋头犁地的耕牛，一步三晃
拉着贫困与富足；驮运粮草的老马
一声三叹，背负山路和炊烟
鹰击长空，旋即退隐崖穴
只留下一曲长调，久久回荡
云雀越飞越高，越飞越小
最后像几颗落在蓝布上的花纽扣
钉在天空。此时山上也绿了
牧羊女阿芝怯怯从羊毛披毡下
探出头来，脸上泛着红晕
像一朵含苞欲放的花蕾

华南虎

外面，游客星星般潮湿的眼睛
里面，一只华南虎咬碎的牙齿
跳跃的头颅，异想天开的梦

游客眼睛的尽头，老虎悠然的舞步
老虎眼睛的尽头，崖上的岩洞
正冒出一团云雾，缓缓散开

小 镇

二十年前的黄板屋不见了
篱笆墙不见了
只有火塘星星点点

二十年前的梅花纹不见了
天菩萨不见了
只有蝉鸣此起彼落

一根肠子通屁股的小镇
儿子站立肩膀，从镇头
一眼望尽镇尾

两窝手掌盛不满的小镇
我只剩一肩的余地
但不慎成了儿子的故乡

春 天

雾锁的高山锁不住耳朵

嫩芽捅破树皮，蝴蝶歇停叶尖

鸟巢欢呼雀跃。螳螂挥舞砍刀

蜜蜂晃动利剑，鲜花有被刺痛

并且浮肿的危险。野狼追逐荒原

漫无目的，有股子弹的狠劲

老虎的怒吼威力无比

像炸药，炸开森林的静

春天，你引来的纷争使万物

陷入了迷惘，从此

群山将日夜不得安宁

唐朝的树

抚摸过唐朝诗人的云

抚摸过它，拥抱过宋朝歌者的风

拥抱过它，牵引过元朝舞步的月亮

牵引过它，指点过明清小说家的太阳

指点过它，淋浴过民国逃难者

和流浪汉的雨，淋浴过它

此刻，一棵一千三百岁的青冈树

站在滇西北一个叫万格火普的垭口

接受春天的检阅，而我刚好

路过它身旁。它曾逃过多少大火

多少雷雨，逃过多少板斧

多少穷其一生煽风点火的野鬼

哦，你看见了它的卓异

但看不见它的悲伤

孤寂的树

多孤寂的一棵小树

她站在一座小山头

身边伴着仰天而卧的苔藓

和匍匐的草。一朵紫黄色的花

欲从树冠绽开，在云贵高原

蔚蓝色天空的映衬下，如此美

恰似一幅背景辽阔的油画

而春天还在路上，黎明静悄悄

只有一只小鸟一遍遍喊

她的名字，喊得整座山的脸

红一阵，白一阵

万格山

拉基觉果向东仰望的山
名叫万格火普，一条羊肠小道
从宁蒗县城系着它的腰
拉基觉果向东仰望的山
我的出生地，梦里常回的故乡
它像一尊佛，端坐在白云之上
无论脚下发生什么，一声不吭
拉基觉果向东仰望的山
陡，有狼，曾是棕熊出没的森林
只有父亲的几杆猎枪，自由出入

拉基觉果向东仰望的山
我的母亲远嫁而来，她逃了
一千次，第一千零一次
父亲蒙住她的双眼，恐吓说
前面是滚滚金沙江
传说中卷走两岸巨石的江水
吓出她一身冷汗，并回心转意
生下我哥哥。其实父亲所谓的
金沙江，它只是一条山涧小溪河
而我的母亲信以为真，为它
耗尽了一生

悲伤的大象

在塞伦盖蒂大草原
一群大象呼啸着从镜头
走向水源，对身边
跃跃欲试的狮群，视而不见
一群羚羊跺着脚，晃着脑
游弋在噩梦深处。一群角马
像一伙老练的海盗，敏感
多疑，却不甘心后退半步
最后，斑马群的嘶鸣
像一根导火索，引爆了非洲

而神气的是草，它们手舞
足蹈，从水边漫到了天边
哀婉的是大象，它们轻轻抚摸
一头小象的尸骨，低声哀鸣
久久不肯离去。据说大象
和人类一样，也会悲伤

通天河以西

滚滚东逝的通天河

载着干净的树叶，和洗脸的水

流向山外。河岸蜿蜒的柏油路

载着怀揣梦想的青年，和破旧的小汽车

穷追不舍。云彩像布娃娃

悬在空中，雪山像妇人的罗锅帽

挂在天边，调皮的风使出浑身力气

吹乱了部落煽情的歌谣

而不远处的山头，一棵松树

站在山冈上呜呜地哀鸣，像个

回忆往事的老者，一腔沧桑

树下一位少女正遥望远方

发呆，似是想借一个人的肩膀

卸去群山的寂寞

黄金之河

一心向着大海，奔流
不息。乍一看，恰似湖面
波澜不惊

黄金之河，母亲的河
那么热烈，那么谦卑
谁忍心拒之门外
何况大海

泸沽湖雨夜

一场暴雨突如其来，打断
醉意的悄悄话。一声响雷砸在山后
把一些人，吓进另一些人怀里

里格村的石板路上，游人四散
有的钻入阿妹茶室，有的躲在屋檐下
有的飞向另一些屋檐，另一些茶室

此刻，有人会不会正被淋着
在泸沽湖畔，有人会不会
特意走进雨中

源 头

一滴雨水，给一粒种子解了围
壤土咧开嘴，春天的风
一路追赶绿叶，直达山顶

一朵花瓣，给一只麂子解了围
山崖打开门，溪水流向山外
红了岩石，肥了原野

一根肋骨，给一头豹子解了围
目光洗白冤屈，洗净灵魂
你若不会坏了心，它们也会好好的

一口血液，给一条虫子解了围
诸神交响的山歌，断断续续
有的失传已久，无人会唱了

一滴雨水，给一朵云彩解了围
它百转千回，回到了天空
它若回不去，万物都得渴死

万格山条约

一只獐子与我对视。打量
响鼻，错开。一切尽在不言中

邻人相见无客套，只有甜
分享。胜似万纸条约

万格山不语。盘坐，等我下山
一只獐子钻入密林，等星光闪溢

云

最蓝的水
被天空拎走

最美的人
被时光掳走

索玛花

原以为索玛花只会开放在
金沙江两岸众神闪熠的山上
在松花江畔，在太阳岛
偶然遇见她时，她开得正艳
我不知道中文应该怎么称呼她
更不知道俄语应该怎么叫
与横断山上漫山遍野的气势相比
这里的她蜷缩在花卉园的一隅
飒飒寒风中，像个四海为家的游子
但我认定她就是金沙江畔的索玛花
家乡那边普普通通的映山红

夜 鸟

如果我是一只鸟，如果半夜

睡不着，我想我会飞到城中心

找个暖和的地方躲起来

看洋相，看夜景

这是郊区，小镇的边缘

这鸟，却像只拧准时针的闹钟

总在半夜三更准时醒来

说唱什么。那歌声在半夜三更

听来，真算不上悦耳

甚至叫人怀疑是不是神灵在布道

而妻子的呼噜，和它的聒噪

一唱一和，难分胜负

群山显得特孤单。有一夜

我甚至担心会不会是灯光

刺痛了它眼睛，把灯关了

倒似故意，它唱得更欢

近来有段时日没有听见它叫了

心里有一点点失落

它会不会是冻着了呢

少数者

全世界惟一一只利物浦鸽
候在诺森伯兰国家公园门口
在它之前，已拥入万千来客
在它身后排队的，两只苏门答腊虎
三头刚果白犀牛，五十匹双峰骆驼
以及黑压压的名字：红狼，雪豹
智利水獭，达尔文狐，大熊猫
鬼狒，小嘴狐猴，山地大猩猩
坡鹿，巴尔干猞猁，泰国猪鼻蝙蝠
非洲野驴，菲律宾水牛，侏儒野猪
格利威斑马，螺角山羊，短鼻袋鼠
钩嘴鸢，加州秃鹰，西班牙帝雕
白鹤，漂泊信天翁，新西兰海燕
大鹏，马岛草鸮，安德鲁军舰鸟
班乃巨蜥，窝玛蟒，欧西尼斯蝮蛇
岛螣，高冠变色龙，太阳龟，玳瑁
鼋，绿彩蛙，暹罗鳄，湄公河大鲶
大鲵，鳁鲸，肯斯那海马……
它们是些多愁的游魂
不羁的少数。太阳尚未西沉
公园客满为患；明日到此一游的
预计比今日多许多

墓志铭

最后一匹猛犸象死于洞穴壁画

最后一头巨犀死于神话传说

大懒兽死于雪崩，它人模人样

渡渡鸟死于游船，它傻头傻脑

斑驴死于猎人阿波罗，恐鸟

死于骑手哈斯特鹰。野马

死于犁铧，格陵兰驯鹿死于鞍鞯

爪哇虎死于套索，西非狮死于陷阱

巴基斯坦沙猫死于飞石，蛇雕

死于弹弓。阿拉伯鸵鸟死于公路

卡罗莱纳长尾鹦鹉死于高楼

白鳍豚死于颂辞，桑给巴尔豹

死于诅咒。加利福尼亚猫狐

死于靶子，佛罗里达黑狼

死于步枪，它还是个小崽子

比利牛斯山羊死于倾倒的树

斯比克斯金刚鹦鹉死于羽毛

它曾染蓝南美天空。象牙啄木鸟

死于农田，爱斯基摩勺鹬死于冰河

白臀叶猴死于神经病

毛里求斯蚺蛇死于热风湿

阿特拉斯棕熊死于肝癌

它是罗马帝国杀人不眨眼的刽子手

白袋鼠死于脑瘫，它是英女王眼中

上帝的礼物。阿尔康蓝蝶死于

敌敌畏，西非黑犀牛死于壮阳药

袋獾死于丑，水貂死于美

象龟"乔治"死于加拉帕戈斯国家公园

它无亲无友无子嗣，人们

在它的墓碑上刻着这样一行字：

"我们亲眼目睹了灭绝！"

万物生

叽叽喳喳，咿咿呀呀，都是春的语言
万千动物用它们，一一报说自己的姓名
我叫藏羚羊，我叫黑猩猩。我叫啄木鸟
我叫信天翁。我叫扬子鳄，我叫变色龙

花花草草，枝枝叶叶，都是春的旗帜
万千植物用它们，一一标记自己的领地
我家红玫瑰，我家蓝莲花。我家车前子
我家钱串子。我家马铃薯，我家罗汉松

哦，春来了，像列车隆隆驶进车站
世界一下子变得万紫千红，好不热闹
时代盛大的广场上，万物复苏如婴儿
而众神大发慈悲，站在山岗上
数飞禽，数走兽，数隐姓埋名的虫蛾

打坐的风

山冈上独独一座土墙屋
一行迷路人借宿了一夜
次日早上鸟鸣时
其中一些人，脸上沾满了灰
另一些人，心中落满了尘

次日早上鸟鸣时
其中一些人，看见了土墙屋的脸
守屋人的脸，一棵老树的脸
几只小鸟的脸，山路的脸

另一些人，看见了风
云朵般的风，花朵般的风
麦浪般的风，竹海般的风
飞旋的风，跑动的风，打坐的风

水

冰凌是睡去的水，雨滴是醒来的水
雪花是飞舞的水，露珠是打坐的水
云彩是揽月高歌的水，雾霭是把酒低吟的水

树木是站立的水，草莽是匍匐的水
飞禽是翱翔的水，走兽是奔腾的水
男人是死要面子的水，女人是活得繁冗的水

水是绿色的，比如橄榄比如枣
水是红色的，比如辣椒比如桃
水是黄色的，比如芒果比如柚
水是白色的，比如凤梨比如藕

水原本无色无味
变成了你，变成了青黄赤白黑
变成了你，变成了酸甜苦辣咸

水原本无毒无害
变成了你，变成了蛇蝎蜈蚣蟾
变成了你，变成了江洋河湖海

雪山背后

我曾无数次想象
想象玉龙雪山以西未知的世界
想象她有万万种风情
每天清晨醒来，白银之灯
准时在雪山之巅召唤

今天在去往香格里拉路上
杉木沉沉的云雾慢慢升腾
散开，旋即露出雪山洁净的面庞
峰峦如镜，阳光映照着江水
金沙击石声，在山谷回荡

一朵紫蓟花，悬崖边毒毒盯着我
它认出了我，并认出了我的惑
它打开刺的栅栏，笑得多么甜
一只小蜜蜂，从花的睫毛起飞
嗡嗡两声，落回花的脸颊

空中，恍惚有只雄鹰在翱翔

心中，恍惚有尊佛像在闪熠
我好奇问江边闲坐的藏族阿妈
对面雪山名字叫什么
藏族阿妈咯咯答：玉龙雪山

我曾无数次想象
想象玉龙雪山以西神秘的世界
今天当我真切走到她身后
我竟像个远避嚣尘的游僧
翩翩绕过了虫鸣

无量山的云

云，潇洒的云
长发飘逸的云
一只鹰飞向天空
阳光洒下来
江水绵绵

车过你的城市
心里暖暖的
那年好天良夜
松花坝上
春光一层一层青

只恨年少无知
不懂爱
没有珍惜
远了，远了
幸好我们都还年轻

蓝色的山

这是十月。山坡上打转的母绵羊终于卸下
甜蜜的幸福，甜蜜地咀嚼秋天的金果

这是十月。倏然轻松下来的母绵羊肆意踩踏
黄金家族的草籽、麦粒、坚果，像是踩踏
郁积的倦怠和愤慨。它确实受够了不堪之负

这是十月。咩咩两声，母绵羊背后一道红光
秋天竖直了耳朵。母绵羊四处张望
微微躬身。一个母亲像极了母亲的模样

就在这一刻，高山上的诸神合声唱
头顶上湛蓝天空的湛蓝，是它身上升腾的湛蓝
脚底下碧绿湖水的碧绿，是它身上流淌的碧绿

就在这一刻，牧羊人胸中的爱意隆隆轰鸣
仿佛游历于天际的古滇羊，正隆隆归来

云南的云

云朵落下来
云朵长成了雪山
翅膀落下来
翅膀长成了森林

星辰落下来
星辰长成了古镇
雨水落下来
雨水长成了温泉

喜怒哀乐，酒歌声声
在山上，在山下
悲欢离合，凤舞翩翩
在湖畔，在江边

飞鸟不叹息
飞鸟绝无绝望的抒怀
走兽不退步

走兽断无断续的游弋

水深深，这云南
凉在心头，热在心头
山绵绵，这云南
春也花开，秋也花开

草木青

青铜青
三万年铁石，三千年心肠
炽热的，是焰火

草木青
三千年死去，三万年活来
苏醒的，是雨水

不朽的不朽，易碎的易碎
你我彼此，偶然路过
一眼，或为一世

炙手的炙手，埋伏的埋伏
风吹山河，子子孙孙
一茬，接生一茬

看，雪后初春狼群没入了森林
看，雨过天晴羊群徜徉在原上
草木青青，青铜青青

第二辑

天堂的粮票

在凉山

只有未曾尝过洋芋的绵羊
没有从未采撷苦荞花的蜜蜂
在凉山，苦荞花是盛开的梦想
怒放了蜜蜂酿蜜的心情

只有未曾见过太阳的盲人
没有从未推敲黑夜的诗人
在凉山，黑夜是温热的美酒
灌醉了诗人饶舌的凉山腔

只要是为了生命
并像一只只勤劳的蜜蜂
飞遍古书中传说的神州
在凉山，再苦的荞花
也能酿出香甜的蜂蜜

只要是为了爱情
并像一个个豪放的诗人
总把每个夜晚激情地舞动
在凉山，再浓的夜色
也能演绎经典的故事

亲 人

总想出人头地的那人
总是惹是生非的那人
一路走来一路唱的那人
哪天突然变乖了，反倒
让他的女人怀疑其中的变故

把嫁衣珍藏一生的那人
把牛羊伺候一生的那人
脸上绣满酸甜苦辣咸的那人
偶尔偷懒几天，马上招来
群山的指指点点

哦，那个人
操着叽里呱啦的彝语
刚刚从山坡上风风火火跑过去
像去追赶一次盟约
那个人，他是我前世的父亲

哦，那个人

穿着花枝招展的衣裳

刚刚从小溪旁嘻嘻哈哈飘过去

像去奔赴一场盛会

那个人，她是我来生的情人

天菩萨①

用头发盖住眼睛

它会锁住无尽的忧愁

把头发盘起来吧

打开眼睛，好比打开

多姿多彩的世界

把头发盘起来吧

盘成灵魂的被窝

盘成男人的天菩萨

行走在彝人的高山上

我们成了飞翔的雄鹰

身后是响声如雷的翅膀

把头发盘起来吧

就是最不幸的男人

一样虔诚地把它

在额前缠绕又缠绕

---

① 彝族男子有在额前盘打发髻的习俗，俗称天菩萨。传说，天菩萨是男人灵魂的居所。

就是最泼辣的女人
也不敢用粗心的双手
拿它肆无忌惮地把玩

只要是灵魂栖息处
风雨有慈善，菩萨不惊

天堂的粮票①

多少窟壁画

被风雨剥蚀得斑痕累累了

甚至没有残余花瓣的轮廓

多少种文字

被时光浸泡得墨迹模糊了

甚至没有遗存胛骨的裂纹

而彝族女子手臂上

邮戳一样醒目的梅花纹

却如守节天际的经幡

蓝天不蓝了，彩饰无华了

它还在坚贞

梅花纹是天堂的粮票

以食为天的女人啊

纵然生活是美满的

岁月经历怎样漫长的旅途

人间和天堂的粮票

是万万不可遗失的

必须用手紧紧地攥住

---

① 彝族女子有在手臂纹刺梅花状刺青的习俗，俗称梅花纹。传说，女人死后可用其在天堂换取粮食。

生　日

我的父辈们清楚地记得
自家的牛羊落了几颗
牙齿，却把儿女的生日
忘得干干净净

在凉山，牛羊是父辈的票子
是他们衡量财富的砝码
比起自家牛羊的年龄
儿女的生日
不足挂齿的小事

但我必须记住儿子的生日
因为现在牛羊已经很少了
偶尔想起它们也只好
把圈养在衣袋的纸币
赶到乡下的牧场
过一把干瘾

天堂的门口

我曾趴在晚秋的大地
把白天，暂时存入黑夜

我曾脆弱如鸡蛋，不堪一击
随时都有摔碎的可能

我曾轻微如冬天的胡萝卜架
一身松软，全凭翅膀的硬扛

我曾如一只沼泽中的羔羊
似要把整个心脏，和盘托出

我曾离死神那么近，伸手
抓上胛骨一大把

我曾抵达天堂的门口，转身
火塘慌乱的招魂声，隐隐约约

夜的颜色

一只蘸染夜色的鹰
被披风带向星宿的领地
一条顽皮的猎狗
踩着老人的故事飞进来
一把解说生活的口弦
煽动火塘内心的热情
一颗珠子被砾石击得粉碎
但恰好涂亮了
我们的肌肤

让石头压住风

山上的风太凶了，炊烟
直不起来。盖在屋顶的木板
比炊烟还轻。在凉山
密密麻麻的石头压在
每一栋黄板屋的屋顶
压住风，压住雨
坐在屋里，举头望见
天上漏下的月亮和星星
风来了，月影搅拌风
雨来了，星光照亮雨
密密麻麻的石头，面若神灵
坐姿优雅，一动不动
而一个人从黄板屋
走到大厦的第一百零一层
花了多少块慰问边疆的石头
走了多少年风雨路

果实飞出窝

粗野的山上的斯人
把新娘扛进家门
就像扛一袋荞麦壳
翻越九九八十一座山

火塘燃得很旺
猪胆很圆满
口若悬河的媒人
来回丈量主客之间的距离

未来的母亲
节食的旅程
一块连接舌头的羊胸骨
盘旋如一只飞翔的雄鹰

美酒没有忧伤
送亲的族人喝干了夜色
歌声没有界线

对歌的男子吟唱着古典

未来的母亲
一个面对成长的孩子
心里一半是泪水
一半是甜蜜

果实飞出了窝
我们怎么能
用简短的一句话
去预言一个人的一生

背水姑娘

姑娘腰带般褶皱的小路
男人们很少路过的小路
那是背水姑娘用深深浅浅的脚印
编织出来的围巾，上面落满
姑娘们伺候自己男人一样
伺候一生的，残疾的绣花针

这条男人们很少路过的小路
走过凉山最妩媚的女人
她们有本事把山路的弯背直
把大山的重，背轻
有本事把自己背成一把椅子
让生命之水，坐在上头
让自己的男人，醉得一塌糊涂

如果说走出这条小路
需要花去姑娘们一生的时间
如果说刻出这样一条皱纹
需要耗损一万根残疾的绣花针
我满脸褶皱的母亲该是背烂了
多少木桶，才终于走上
奶奶这个休闲的岗位

母 语

你一句"哎呀"，我的眼眶
不可阻挡涨潮了
你一声"嗯哼"，我的喉咙
毫无预兆感冒了

故乡的母语
是我治疗陈年顽症的良药
是我冲洗无端烦恼的歌谣
耳里听见，心海
一浪高过一浪地翻涌

哦，假如我的咳嗽
被另一个人当作母语
让他重重地感冒
我又该怎样安慰
自己的喉咙

火的河流

一场突如其来的雪
湮埋山岗，生灵措手不及
彝人四处取火的敲门声
叫醒村庄，叫醒早晨

寒冷并不可怕。人群的变故
人心的散离；遗失的器皿
流失的水土，也可忽略不计
但昨夜的内伤，今日的牧场
和睦如初的明天，怎能置之脑后

圣火照耀的胸膛，鼓鼓囊囊
最后一杯烈酒，献给了祭司
我看见老大爷故事中火的河流
迅疾淌过他的脸颊，仿佛
为了早一点流入我们的身子

耐寒的洋芋

在云南的高山上
彝人像洋芋一样耐寒
洋芋像彝人一样普及
人们谈到彝人的时候
往往扯上洋芋的话题
人们提到洋芋的时候
也忘不了山上的彝人
人们习惯在洋芋和彝人之间
画上手足一样通感的等号

有一回我的一位前辈
去了一趟欧洲
回来后他骄傲地告诉我们
欧洲也有多子多福的洋芋
我们一下子自豪了起来
好像是心头的那匹狼
终于跑出了视野

一头黄牛

一头黄牛
它的名字叫勒射富野
火把节的斗牛山上
它那利剑一样锋锐的尖角
刺向一个个固执的脑门
它追赶另一头黄牛时掀起的风浪
让身后忐忑不安的男主人
迷失了自己的眼睛

那头名叫勒射富野的黄牛
一辈子吃过的最精美的菜
便是燕麦的秸秆
耕种时节,犁比铧沉
牛鞅子比牛脖子粗
它身后犁出的沟沟坎坎
被男主人吆喝成它的路
总也走不到头

那头老了的黄牛

等身后的男主人也老了

彝山的男人举起更老的板斧

向它的往事重重地砸去

它以男主人牺牲品的名义

完美地结束了自己的一生

它的使命完成得如此简单

跟它无数的兄弟姐妹

一模一样

高鸣的绵羊

一条穿过山腰的小路
我走了一千遍
第一千零一遍
一千只绵羊在山岗上
齐声高鸣。它们归心似箭
把一个陌路人
误认为自己的主人
祈盼着，有人指给它们
回家的小路

那只领头的羝羊
三年前我便认得它
它是寨子的头羊
人们都叫它约格哈甲
彼岸的大鸟曾经传唱
它的歌，山下的油菜花
曾经幻想它的美
如今它老了，身后的羊群
一下子，多愁善感起来

黑马的翅膀被风吹断

一匹名叫大领阿宗的黑马
跟随一阵秋风，从远古飞来
驮着一个叫濮嫫尼依的女人
驮着一个叫赤格阿鲁的男人

就像一只大鸟
黑马在天空自由地翱翔
让云彩梳理自己的翅膀
就像一阵大风
黑马在大地惬意地滚动
让沙砾封锁自己的退路

当另一阵更大的风
从海洋刮向森林
黑马的翅膀被风吹断
黑马再也飞不起来
但它仍不死心
仍在用滚烫的蹄子
寻找飞翔的灵感

迷路的猎狗

山上的树木，所剩无几
山，也显得比以往更高了
一眼望去
很难望见一只大鸟的翅膀
或者一头猛兽的飞蹄

一条习惯了撵山的猎狗
在山上打量自己的脚印
那曾经洒落欢声笑语的小路

一条习惯了高山的猎狗
现在总算可以休闲了
反倒让它莫名地心慌

一条寻找家人的猎狗
在山上走来走去
终于走失回家的小路
它在一块大石上干坐了三年
最后无声无息地死去

一窝蜜蜂

我在小凉山上转悠了三十年
三十年的小凉山
如一帙背景苍莽的画册
被我翻烂了其中的几页
如一位美人，被我看得
自己的眼睛苦苦的

我被一群蜜蜂萦绕了三十年
三十年的蜜蜂穿越我的春天
我的衣裳有了鲜花的颜色
三十年的蜜蜂戳刺我的冬天
我的骨骼有了雪水的质地

当我登上另一座山
它们的脸是那么灿烂
苦苦的小凉山
因它们的那点蜜
甜了很多年

红公鸡

只有一只公鸡
叫不醒村庄
更叫不醒早晨

一只红公鸡
声嘶力竭地鸣叫
客人就这样走了

当黄昏来临，人们一次次
把红公鸡掷向门外
直到鸡头指向东山

人们终于把翅膀折断
从骨干的隧道聆听
灵魂的声音

一只红公鸡
让听天由命的人们
宽慰了几天

二 姐

月亮，空前的圆
它像一盏车灯
照明夜行人的路

我就是那个夜行人
去借一枕美梦，打算
给苦累了的白天
一夜的风景

我是孤独的
却从不低头赶路
我从夜的相册
撞见寡言的

远嫁他乡的二姐
二姐紧紧拉住我的手
泪眼迷蒙
千言万语的样子

整整一夜
我都认真地听着
夜空，没有一粒灰尘

苦荞花

苦荞花开，一亩又一亩

这是夏天，早开的花早谢了

晚开的花，晚着呢

我骑马从旁路过

想起春天，想起一种美

想起一个朝代丰满的女人

而一位农妇的眼光更毒

她像一位望穿历史的祭司

从苦荞花身上，望见了种子

从种子身上，望见了马群

一声冰雹大的轻雷响自远山

我和那位农妇不约抬头

一时的大意，我们竟忘了天上

掌管风雨的那尊神

它可是握有举足轻重的一票

苦荞花能不能磨出农民的粮食

有时候，只有它说了

才算数

我是这个村庄的第一匹野马

我是这个村庄的第一匹野马

越过门槛，云彩从不歇停脚步

脚印漫过河堤，天空依然广阔

我是这个村庄的第一匹野马

回望来路，尽头的家园

浓缩成一个小小的黑点

恰似一只关注某人的独眼

我是这个村庄的第一匹野马

在他们的眼里，旅程越长

越能证明一匹马品种的优良

合 影

一群岩羊躲进了岩洞
假如我也躲进那个
埋藏经书的深坑
待我蓄发出来
你还听不听懂
我操持的方言

一行文字埋进了柴灰
假如我也埋进那片
海浪般席卷而来的笑声
作为素未谋面的兄弟
你能不能觉察
我肌肤的疼痛

兄弟啊，我的好兄弟
把我们的爱定格下来吧
最好是用照相机
其中突出的部分是你
你后面是我
多年后，至少
我们留有发黄的合影

咳嗽的夜

一声高过一声
像是咳自山外
却又独特地响亮

沉睡的夜
让细微的呼吸
粗壮起来
母亲弱不禁风的身影
明晰起来

掐指一算
真有几日没有回家了
夜里，有一点担心

渊 源

子俄古火，古火年谷，年谷朴俄
朴俄底俄，底俄土惹，土惹土翅
土翅棉银，棉银棉基，棉基博底
博底勒伍，勒伍念暖，念暖阿素
阿素普低，普低克惹，克惹吉伙
吉伙皆布，皆布木惹，木惹阿卓
阿卓毕格，毕格金给，金给依品
依品萨金，萨金牧嘎，牧嘎比尔
比尔尼秋，尼秋布火，布火尔坡
尔坡泽蒙，泽蒙子冈，泽蒙子坡……
他们仅仅是一群绵羊，仅仅是只有我
和我的子孙们读懂的密码
他们只适合在我的牧场出生、成长
最后悄无声息地死去
惟有山岗上生生不息的风
世代传诵他们被草染绿的谱牒

依木三石

就算前程布满旋涡和陷阱

天空收藏笑容和阳光

你的眼神纯粹，目光辽远

你的右脚甚至跨出了门槛

用祖先叫得出名字的一千头公牛

怕也拉不回你的左脚了

其实你也知道依木三石已经远去

它在大河的下游，大山的上坡

它在悬崖峭壁陡峻的深处

羊肠小道弯曲的尽头

它在毕摩经书褶皱的经文里

一只雄鹰展翅撞见雨后的天空

五彩云霞慌忙打开通往高地的天梯

既然森林无法避免灿烂的一劫

我又借什么力量去锁住

梦见天涯梦见大海的双脚

泪水润湿的呼唤

阿芝嫫——芝芝嫫——
秦朵拉达沙马阿果呼唤女儿的声音
拖得又沉又长，翻越群山
蹚过江河，飘进我从不设防的窗口
闲得无事可干的老狗把它误以为
破门而入的不速之客，哇哇应答
它怎么也不会想到，那是我熟悉的童年

子冈惹——冈冈惹——
石秋波惹吉火木呷呼唤儿子的声音
沙哑而鲁莽，粗心而大意
村庄安静了下来，火把遗忘了树根
善于添油加醋的乌鸦把它解析成
从天而降的密传神旨，哇哇应答
它怎么也不会相信，那是我熟悉的童年

哦，这片土地开满叫做嫫的鲜花
这片土地结满叫做惹的果实，这片土地
嫫惹漫山遍野。如果你在凉山听见

这一声紧似一声，伤感而悠长
尖锐又温情，如果你听见这近乎哀求
这被泪水润湿的呼唤，请千万不要
哇哇应答。他们呼唤的是我
呼唤的是他，呼唤的也是你

卖洋芋的彝族女人

她头戴罗锅帽，肩披镶边羊毛毡
身穿凉山彝族地道的五彩百褶裙
起初我误认为是二姐，差点走过去
质问。其实我知道她来自哪一个村庄
也许家里断了食盐，儿子缺了学费
或者一个亲人正在遭受病魔的毒打
她穿越茫茫雪山，穿越固执了几千年的眼光
走到这里，菜市场一个人影稀疏的角落
她脸上的殷红尚未褪色，心还在咚咚跳
"一斤三毛，两斤五毛。"她的汉语
像夹生的米粒，计算能力像她羞涩的脸
即使多给五角，她肯定还会怀疑
是否少算了两毛。也许再过一个月、一年
她就开始卖大米，或者开个小卖部
卖日用品。或者开个小饭馆，卖米线
甚至开个服装店，经营时髦的衣裳
也许她还会脱下这身花红柳绿的彝装
然后忘了今天，忘了第一个买她洋芋的
眼镜先生。想着想着，我不由一乐
手提的洋芋轻了起来，天也晴了起来

父亲的眼睛

天还没有完全黑下来
街上的灯火像准备捕食的候鸟
一盏跟在一盏后面，用后现代的手法
打开夜的领地。远处的群山
像静卧的大象，如果我说它们像一群
吃饱了打嗝的野牛，估计也没人反对
而天边跳出两颗星星一眨一眨亮
像在暗示什么。我不禁打了个冷颤
多年来，我已忘了仰望星空
更不要说歌颂蓝天。我忙于举手致意
低头赶路，头顶上的辽阔
那无以知晓的天堂，好像不曾传说
而此刻，天还没有完全黑下来
两颗星星在天边一眨一眨亮
它俩多像父亲的眼睛，忽闪忽闪地
在看我，似乎有一夜的话
欲对我诉说

山歌王

他不苟言笑，脸像阴沉的天
除了送嫁的早晨，或迎亲的夜晚
你很难从他的眼里掏出一丝笑意
作为寨子的山歌王，他像一头公牛
让山里人在山外神气过几回
现在，夜幕拉开，松明苏醒
送亲的队伍已经落座贵宾的席位
他也即将亮出祖传的绝技
去应答来自古代的天问。那预言
祖先童年的梦呓。对面那位歌者
看上去，也不像是省油的灯
从他喉咙流出的格言，优美而
煽情，伴有一种莫名的忧伤
趁人们拉话的间隙，山歌王抖动舌头
猛喝了两口烈酒，但他仍不敢
草率开口。他注意到阿芝的眼睛
在丝巾后面使劲地盯着
现在他开始像一只红公鸡
把脖颈朝前仰了仰，好让声音
变得响亮一些

一张木犁

一张木犁
走在一个男人的眼前
跟在一头黄牛的身后
向大地搜寻枯枝、败叶
向天空挖掘春天的信息

时光像河流，缓缓流淌
一位散播苦荞籽的农妇
好奇地望了我一眼
一张木犁缓缓流淌
掉不过头来

罗锅帽

让发辫箍紧她的见识
让罗锅帽遮盖她的视野
一则看似玩笑的传说
让一个女人的履历
露出了马脚

视线以内是群山
灵魂之外是天空
一阵秋风蛮不讲理
让一个女人的心事
沾满了尘灰

山外的云朵渐渐明晰
抵达魂魄的翅膀越来越软
哦，再广阔的罗锅帽
也盛不下一个女人
海量的泪水

石 磨

拉基河谷的那阵轰鸣
不是雷声，不是火车的汽笛

不用人证物证，不用眼睛踏勘
我也知道那是石磨低沉的问候

牵引它的那人多年不见了
我俩攀谈过亲戚

祖先的火镰

一亿个夜晚燃烧了一亿次

烟云堆积为土，山越长越高

当我醒来，轮回在尘世

某个房间，一日两餐的族人

刚刚从荞麦地里平安地归来

照耀在他们头顶的雪光

时而亮，时而被翅膀遮蔽

我占据有利位置，占卜未来

那毫无预兆的明天。而幸福或灾难

谁也不知道什么时候从什么方向

突然改变谁盲目的行程。那燃烧了

一亿次的夜晚，它的火镰

也必会生锈，质地多好的火绒草

再无法将它唤醒、点燃

向 下

向下，星星是一盏紧跟一盏的灯
它们由一亿个家庭交错成神话
其中最亮的那盏，挂在西部以西
那是你父亲的火镰，你与他
相隔一个世纪的距离。再向下
云彩是一滴容纳一滴的雨水

它们由一亿件往事垒叠成传说
其中最凉的那滴，落入南方以南
那是你母亲的苦歌，她多愁善感
你容易冲动。再向下，蝴蝶的翅膀
煽动神的旨意，把青蛙抛在脑后
你闻到一阵花香，闻到鸟语

再向下，树叶学会观察天色
泾渭分明。雨水学会抚摸血管
遇到尖石倏然拐弯。你开始怀疑
那些宛如天意的法则。再向下
掉队的炊烟迎面走来，你无路可逃
再向下，你落入大地，落在人间

向 前

向前，山路通往江河，弯曲有度
识途老马一声长嘶，鬣鬃猎猎有风
黄河之水汹涌而至，老马不堪疲惫
你胸襟辽阔，视野渺茫。再向前
群山遮挡群山，草原绵延草原
鹰看见了荒凉，看见了火光的密道

它从天空学会飞翔，你两手空空
一副抓住自由的模样。再向前，燕麦
青稞、苦荞、土豆，粮食堆积如山
它们学会美容，给整片坝子染上
时髦的色彩。你双手叉腰，一脸饥黄
再向前，一些草叶枯萎，一些果实

坠落。而一些人唱歌，一些人跳舞
没有一个人指点迷津，你心存侥幸
挥了挥手。再向前，万仞山挡住去路
山下围满慕名而至的信徒。神灵隐遁
传说再次演绎成神话，你将信将疑
再向前，你走进故乡，走近爱

回 头

回头，栅栏已经打开，屋后的山头
英雄结攒动，罗锅帽飘扬。父亲母亲
兄弟姐妹，雨水蛊惑的发颤问候
不止乡音。有人哭出了声，有人甚至
喊了出来，你无法抑制悲伤。再回头
木床变质，青春的相片发黄

称兄道弟的往事成为了历史，你潸然泪下
再回头，鲜活的心脏鲜活的人，从早到晚
舞动不息，脚也不会累；歌唱不休
嘴也不会酸。只要心甘，只要情愿
你心血来潮。再回头，脚步不听指令
等你摆好姿势，她已走到山头对望你笑了

再回头，山川依旧，海誓山盟却变换角色
已成柴米油盐的日常。儿子的哭声不断
母亲的唠叨冗长，你体味焦头烂额的甜
再回头，阳光明媚，大地回春，一家三口
紧紧抱在一起，天伦有乐，你终于苏醒
再回头，你摸到家，摸回床

对爱只字不提的女人

风把她们的脸吹得殷红，她们便以
一朵花的名义开在我心底
雨把她们的心淋得柔软，她们便以
一滴泪的忧伤泊在我眼里
男人把她们的梦弄得散碎，她们便以
一片补丁的温情缝在我身上
她们是我对爱只字不提的女人

她们是大山的精灵。有的称我小弟
有的喊我阿哥，有一位直接叫我
男人。她们是我的姐妹，我的情人
我儿子的母亲。她们想笑就笑
从不用手遮挡牙齿的快乐。她们想哭
便哭，从不用睫毛锁住内心的烦恼
她们是我对爱只字不提的女人

而现在，五月的野花就要凋谢
六月的野果就要结实，忧伤的大雁
就要飞出向西的垭口。而现在
作为男人，我必须赶在太阳落山之前
替她们说出千年的秘密，喊出爱

沾亲带故的人

因为山高，他们习惯靠山而居
因为贫穷，他们喜欢攀亲道故
他们有的嗜酒成癖，有的花粉过敏
有的牙齿洁白，有的染上兰花烟
愁苦的色泽。有的像受惊的野马
脾气暴躁，有的如牧归的犍牛
性情温和。有的蛮不讲理，有的逆来
顺受。有的是天底下最好的好人
有的是天底下最坏的坏人
更多的，随遇而安，听天由命
那些与我沾亲带故的人呐，开心的时候
他们会哈哈大笑，旁若无人地得意
悲伤的时候，他们也号啕大哭
肆无忌惮地从容。他们的喜怒哀乐
与世界各地的人，没有本质的不同

游 子

雨天出门的人啊

请不要问路

不要把地图

像翅膀一样四处伸展

不要让土气的方言

去触痛他人陈年的忧伤

那迎面走来的男子

他是他人的至亲

那擦肩而过的女子

她是他人的挚爱

末代酋长的传说

大风刮破黑曜岩
大雪封山，大地一片荒芜
一位大鼻子趾高气扬
死神悄悄逼近
助阵的鬼魅吞云吐雾
岩浆的杀气通俗彻底
蓝色火焰漫天肆虐
山上，鸡飞狗跳
山下，马乱兵荒
草木惶惶，虫蛾恂恂
夜幕如瀑之际
末代酋长从天而降
大鼻子猝然倒地
尸骨葬入泥潭
关于末代酋长的传说
来自民间，来自野史
慢慢演绎成了神话

日 出

心脏，快要从胸腔
跳出来了

人类最初的宗教
寓意，如此简单

史 记

天堂滑落的黑曜石

坠入母亲湖，荡开鲜血

荡开全世界的爱

当太阳撞上地平线

群山策动万马奔腾声

母亲的哼唱，茅草屋的喧嚣

一切回归原始，回归俗世

小溪旁升起袅袅炊烟

火葬场的野火

这个冬天杯盘狼藉，人们沉默是金
山北那边青烟又起，直入云天
一棵死去多年的树根点燃内脏
顽皮的牧童围聚成圆，从中寻找童话
测量体温。一棵红了整个夏季的枝头
终究暗了下来，一日两餐的族人
拍打灰尘，开始狼吞虎咽的旧生活

或者那是一个从火葬场不慎滑落的灵魂
洪荒时代，我的祖先笃慕惹牛
点燃的野火。那稻草一样纤细的青烟
淹没被洪水淹没的尸骨，淹没
被乱石淹没的经书。河水逃离大山
火光照亮脸谱，森林繁衍生息

这个冬天天干物燥，风声不怀好意
适合一场大火的蔓延，适合一件大事的
发生。是的，山北那边青烟又起
也许是一个青年已恢复旧日的热情
也许是一位老人正赶往崭新的天路

洒脱的姐姐

我的姐姐开门见到山
与她密不透风的森林相比
我川流不息的街道是幸运的

我的姐姐伸手摸到云
与她石头遮盖星星的黄板屋相比
我低头不见大地的高楼是幸运的

我的姐姐一生以土豆充饥
与她吐不出去忧愁的兰花烟相比
我白花花的大米是幸运的

我的姐姐不会说汉语
与她叽里呱啦的幻觉相比
我谓之曰诗歌的文字是幸运的

我的姐姐日出而作，日落而息
与她倒头便入睡的洒脱相比
我辗转反侧的星空并不算幸运

星　辰

他的爷爷是古板的，甚至过于正经
一声拖得冗长的咳嗽之后，他的童年
穿过了山谷。他仰望着峰峦
心跳加速，差点窒息

他的父亲是刻薄的，甚至过于尖酸
一句挖空心思的感叹之后，他的少年
翻过了垭口。他聆听着格言
呼吸困难，差点昏倒

他的酋长是世故的，甚至过于较劲
一阵强颜欢笑的哼哈之后，他的青年
走进了小镇。他斜视着烟囱
那冷笑，锋芒之刺的冰

他的儿子是时髦的，甚至过于自由
一瞬佯装致意的问候之后，他的中年
来到了小站。他追逐着车流

那白眼，尖锐之铁的凉

他仰望着，聆听着，斜视着
追逐着，他的老年慢慢不远了
现在，两杯酒下肚之后，全世界
都是他阿牛一个人的了

鼓 舞

幻觉之音，来自天堂

像万能的上帝窥视人类的过往

现在、未来，他挖空心思

揣测某人灵魂深处尚未泯灭的良知

和觉醒的梦。不幸的是

他无时无刻不在用那万分敏感

欲言又止的第三只耳朵

怂恿你去说出生命的善与恶

冷与暖。当皮鼓舞动

天堂之音在大地上敲响

总有固执己见的祭司仰望星空

低沉吐出神的卜辞，仿佛

那真切是天外咒语，万能的隐喻

可入药疗伤。玄奇的是

某人脑门闪烁，眼里泪水汪汪

仿佛有一万只麂子，已向他奔来

迁徙路

梦见大海。无边无垠跳锅庄舞的浪花
无边无垠雨的碎语，被日出染红
梦见篱笆墙低矮、稀疏，绵延野外
错落的黄板屋，晨曦下飘散诡异的光

梦见万万匹马，驮着万万张蛮横的脸
某人弯弓一箭，哀辞应声落地
梦见人们慌了手脚，最后一直向西
一位女子躲在人群后，偷偷笑

梦见洪水滔天。仗着兰草伸出的手
有人游上高地，一副劫后余生的模样
梦见群山开门，禽兽成群出没
一场龙卷风袭来，有人撕心裂肺哭喊谁

梦见瀑布。梦见他们弃我远去
向更高的山，赶着牛和羊
梦见雪。梦见更多的人落在了路上
并学会他乡的风俗，改了乡音

矮人国

小小年纪，小小听父亲说
头顶上是天堂，住着天神恩体谷兹
谁做了好事，他在功德簿上打个钩
谁干了坏事，他在秋后账上画个叉
大地上的一切，他看得清清楚楚

小小个子，小小听母亲说
地底下是矮人国，住着黑黑的矮人
他们的山小小的，山上放的马牛羊小小的
他们的家小小的，家里养的猪狗鸡小小的
小小的他们，有颗小小的心

小小没出过家门，小小没见过世面
小小不关心大事，小小只惦记什么时候
偷偷钻到地底下。偷偷钻到地底下
小小也成大人了，没人再敢欺负小小了
可矮人国的城门，开在哪儿呢

孩童的世界

很多时候，我们

连三岁娃娃都不如

他呆头呆脑，没有烦恼

他笨手笨脚，没有忧伤

他语无伦次，无恶意

他忘乎所以，不在乎

他像一张白纸，但不记仇

他像一杆火铳，但不避讳

他的眼里没有愁

他的眼里没有恨

在他天真的眼里

没有贵贱之分，敌友之分

没有欧罗巴人与蒙古人之分

所有路过他身旁的人

他都一概认定为

亲人

等 待

一位母亲背负柴草，走回家
一个男孩踉跄着，迎上去

"站在那儿，妈妈，不许动
不许动，妈妈，等着我"

一位母亲立正如果树。她在等
她三岁的小男孩，长大

顺眼的脸

蝴蝶想妈妈，飞来晃去想
胡狼想妈妈，翻来覆去想

妈妈是一张网
有关儿女的音信
总想一网打尽

妈妈是一根线
儿女飞再高再远
也要牢牢牵着

妈妈是天，妈妈是地
妈妈是天地间最顺眼的脸

妈妈是花，妈妈是果
妈妈是花果山最馨香的甜

"妈妈"是名词，意即爱
"妈妈"是动词，意即爱
"妈妈"是形容词，意即爱

母亲的声音

起风了，树的衣裳群马般嘶鸣
雨越下越大，西南方向天黑了
牧犬在等候，羊群呼唤着羊群
火塘在等候，炊烟催赶着炊烟

河对岸唤儿归去的妇人
嗓子沙哑，语词凌乱
声音甜美而急迫
母亲也曾如此这般呼唤我

时候不早了，她站在河岸喊
甜甜的名字，她沿着小路喊
焦急的名字，她冒着风雨喊
淘气的名字，她喊醒了星星

怪只怪阿芝落在了山上
突然他掩面哭泣了起来
像个没了爹娘的孩子
突然想起了爹娘

外甥女阿嘎

她递给我一碗米线
迅即端上另一碗米线
奔向另一个男子
她瞄都不瞄我一眼
我俩第一次相见

她自顾自干着活
她自顾自走着路
仿佛有谁在前边喊
仿佛有谁在后面追
仿佛有谁在心中催

她俩的脸蛋太像了
她俩的身材太像了
她俩的高原红太像了
她俩的脚步声太像了
外甥女阿嘎，三年前也去打工了

她俨然没有注意我上下翻滚的眼神
她俨然没有注意我左右颠簸的想象
我偷窥了她整整一个早上
一回头，米线都凉了

印第安图语

它们曾是语言，用以交流情感
它们曾是文字，用以记录历史
现在它们死了，无人能
替它们说出情感；现在它们死了
无人能，替它们破译历史
现在它们死了，赞美也好
诅咒也罢，都已毫无意义

凉山来信

他说他前天丢失了两只羊
昨天丢失了一只
今天又有一只不见了
他说原本指望着靠它们
给父亲招魂，给儿子娶妻
这下子好了，指望不上了

他的文字慌乱，语词悲伤
像个丢失了群山的印第安人
紫蓟花在掌心醒来
下午的溪水喋喋不休
"我们丢失了的还少么……"
我烟雾迷蒙，面庞冷漠
手机屏幕静如死寂的大海

听风流

风，流向山崖
风，驮着风语者

风语者是烟
风语者是云

风语者是游子
风语者是游隼

风，驮着风语者
像大马哈鱼，驮着滚石

像大马哈鱼驮着滚石
风，流向山崖

风流向山崖，花开了
风流向山崖，云开了

风语者

土墙是他们的
箭矢是他们的
他们来过

金手杖是他们的
银耳环是他们的
他们来过

皲裂的甲骨是他们的
通红的咒语是他们的
他们走了

他们走了
博物馆是我们的了
他们走了
风景区是我们的了

他们走了
背影是我们的了
他们走了
云彩不是我们的

第三辑

美好的时光

闲散的云①

那孩子静静躺着，他的头

歪向一边，阴影落在另一边

他的手指和脚板，残留柔弱的挣扎

鼻孔和眼瞳，敞开泪湿的梦

他的嘴唇干裂，来不及舔舐春光

牙齿暴露，来不及咬紧青果

他的眉毛锁不住昏厥的痛

也许刚刚刮过一场龙卷风

他的肌肉全被吹飞了，只剩下

瘦骨。他的母亲枯枝般干瘪的手

紧紧抱住她高过身子的膝盖

他的母亲眼里没有了泪水

但可以肯定，她的心中充满了悔恨

她仰天长叹，然后倏地跪了下去

一朵闲散的云，刚好掠过她的头顶

掠过埃塞俄比亚的天空

---

① 观某部非洲纪录片有感。

穿过小镇的马车

小镇的十字路口
穿过一辆拉煤的马车
面对熙熙攘攘的人群
又老又瘦的老马
像一位做错作业的小学生
没有了主见

如果此刻跑过来一匹马
与它相伴那该多好啊
跑过来的却是一头
叫做汽车的怪兽
比山上的老虎还凶猛
吓出它，一身的冷汗

惊慌失措的老马
在小镇的大街上四处躲闪
它在凹凸不平的公路边
失去平衡的时候
无人能够走过去
扶它一把

耳朵里的天堂

那个孤茕的哑巴
漠然独坐在门前古松下
一脸的庄重
好像有一道命令
比他的心更固执

他的嘴唇喃喃嚅动
如一只震腹而歌的青蛙
腮帮子一鼓一鼓的
似乎有一打话
在他的脑门挣扎

但他始终不肯打开
话语的城门
似乎有一尊佛
让他宁可背叛自己
也不敢泄露天机

他那左手捂住右耳的姿势

叫人怀疑，他是在用一只手
塞住一只耳朵里的人世
用另一只手
打开另一只耳朵里的天堂

天 空①

云南的天空空空空
空无一朵云
柔嫩的庄稼
渴得要死了

这是六月的云南
快要着火的天空
我朝它大声喊
下雨吧

过了四分之三秒
从天空传来一个回音
对不起
你拨叫的用户
不在服务区……

---

① 2005 年春夏，云南大地遭遇罕见大旱。

在低处

在低处，甚至更低处
河水漫过一条金鱼的尾巴
绿色的水草顺流而下
一个骑马而过的民族
花多大的勇气
也找不回曾经的马路

在低处，甚至更低处
男孩的饭碗缺了三个口
空鸣的石磨怒目时间的粮食
一位慈悲为怀的母亲
站了起来
又无奈地坐了下去

在低处，甚至更低处
挖掘机的尖角直刺大地的心脏
丝质的渔网撒向空阔的天空
一棵不善言辞的松树枯了
树上的鸟群逆光而上
飞向星辰神居的雪山

受伤的鱼

月亮抚摸着十月的海滩

一条受伤的鱼，自我疗养

或者痴痴地等一条鱼

等一个人，甚至等一张网

它怎么也不会想到

一盏向它散射光明的灯

把它引向，深过深夜的黑

内心是空的

房子是空的
除了一个旧了多年的杯子
杯子是空的
除了几片因过夜而萎缩的茶叶
茶叶上过分夸张的齿痕

内心是空的
除了一双呆了多时的眼睛
眼睛是空的
除了眼珠子里往事模糊的凝视
凝视里已经化脓的创伤

一个喜怒无常的男人
此刻，面无表情地坐着
他真是没有什么想法了

美好的时光

上山砍柴，下河挑水

坡上放羊，坡下牧马

父亲们能干的活，拼着干

母亲们能干的活，学着干

饿了，三个耐寒的洋芋

渴了，两颗圆根的萝卜

一段足以载入个人史册的时光

现在回想起来，还有点甜蜜

有点幸福。那些一辈子走不出

大山的童年伙伴，却并不这么看

我记忆中最美好的部分

在他们看来，正如他们的今天

一点也不美，一点也不好

高原红

心无杂念的牧羊人摆放好牛皮靴之后
回到树下，绵羊群顺从地躺在他身旁
春意盎然的神山历经一个早晨的争吵之后
平息往事，杜鹃花蕾在一声鸟语的脚下
等待着绽放。风停了下来，云也不动了
它们分明是听见了千里之外一只雄鹰
短促的呼吸。阳光像雨水洒向静谧的西部
天空像一面无比辽阔的镜子，向大地
反照一切生灵的美。透过那一望无垠的蓝
我看见世界的脸。他们有的笑，有的哭
有的麻木不仁，有的哭笑不得。而千里之外
一位远道而来的信徒，因一场突如其来的
高原反应，她的脸将被染上殷红的色彩

直到你脸红

我要带你穿过蜿蜒曲折的羊肠小道
到密林深处去倾听蝴蝶的悄悄话
我要带你去看云南松躬身的姿势
看阳光被山鹰放在手心时微微地抖

我要带你跨过静静流淌的雪山溪水
让雨珠一滴滴从山神的指缝滑落
我要带你去看金枪鱼飞翔的翅膀
看云彩被栎树戴在头顶时微微地亮

我要你暂时把人世间的忧伤放在一边
我要傻傻地傻傻地傻子一样地看着你
直到自己不好意思，直到你脸红

光 芒

风吹海岛。树叶摇一下，阴影晃一下
蜥蜴咀嚼鱼头，巨大卵石吞噬羽毛的哀伤

荒凉无边无垠。草淹没草，花淹没花，泥土淹没泥土
野马独来独往，回望一眼，旋即逃出视野的边疆

斯人独坐江岸。晚霞与炊烟，分不清楚谁明谁灭
夕阳已老，最后的红，被雪峰之巅的鹰吮吸干净

尖锐的痛。他们甜言蜜语，你铁石心肠
孤独不等同于躯体的落寞，却注定是心灵的冰凉，暗暗地亮

给姐姐

姐姐，我渴望找到另一个自己
那孤独的源头，忧伤的因子
似一阵风，来路不明
心空空，是因思念太深的缘故

姐姐，我的忧伤无关风和月
孤独，并不是跟谁相亲相爱
便能抵消的债务。听听吧
雪花染白野花的声音

姐姐，我想和你聊三天三夜
以驱赶内心的恐惧。但现在
姐姐，熄灯睡觉吧，等天亮了
我们尚需开始一天的劳作

一匹辕马的哀伤

其实抛下她们撒手不管并不难

只需狠狠心，动用自由的借口

其实放弃人世遗忘自己也容易

只需咬咬牙，皈依没过皮靴的深山

其实不止一次被愚蠢而造次的泪水

打湿了枕巾，醒来，心口火燎燎

其实他和你一样俗气，爱恋可爱之人

偶尔冲动、纵情，甚至不顾一切

甚至渴望一场惊世骇俗的私奔

但在众多的身份中，有一个叫父亲

有一个叫丈夫，两个都是千斤重的担子

都意味着必须像一只雄鹰勤勉地觅食

都意味着必须像一头黄牛缄默地劳作

其实他更像一匹辕马，那瘦弱的肩膀

被皮靰牵向路的中央，左右不得

萍水相逢的人啊，请你别碰他

奢侈的一生

空阔的房子会使灵魂更空阔
只要给我三间松柏搭设的木屋
够了。一间给我的诗篇和儿子
他们都是我的命根子。一间给我的绵羊
和耕牛，他们都是我目光安详的源头
一间给我自己和爱人，我们唇齿相依
满天空的阳光太浪费，我只要一小片
阳台的温暖，以让肌肤遗传祖先的黝黑
整个地球的土地太奢侈，我只要一小块
贫瘠的菜地，以种植土豆、苦荞、燕麦
如果可以，请再给我几棵冷杉、松柏
给我几株索玛花，或兰草的幼苗
以收获些微的生机。整个世界的女人
太多了，我只要前世修来的那位
当我今生的妻子，由她给我生一个儿子
以让祖辈历经千山万水积攒的母语
在我之后，尚有一个人去诉说
除此之外，还需奢望什么呢
在这寥廓的世界，这短暂的一生

内 伤

原以为只要苦荞酒一杯又一杯

醉语便能像撵山的猎狗

把心底的苦一句一句全部撵出来

原以为只要兰花烟一支接一支

哀愁便能像晴天的云彩

从漏风的崖一口一口全部吐出去

原以为只要规避不长眼睛的落叶

刺骨的痛不会打在头上

原以为只要谦让怒气冲冲的飞沙

冰冷的血不会弄脏肌肤

原以为只要情投，笑容每天万里无云

原以为只要意合，誓言每夜不打折扣

可是亲爱的，有一些伤

比如至爱似疾的思念，它直抵心尖

是肉眼躲不掉的，肉身挡不住的

是泪水洗不净的，药水治不愈的

它只会被时间之河越冲越烈

只会在夜深人静时，隐隐痛

森 林

云，被风吹走了
逃不掉的，惟有天空
高楼，像一根根擎天柱
插在充满阳光的大地上
像凶禽猛兽一样霸道
一样不讲道理

而什么是道理呢
道理或是树叶落光了
芬芳凋谢了
曾经熟悉的都城
陌生了。惟有天空
惟有空阔的天空

乞

一名乞丐匍匐向前
一辆轿车遽然而至
在钢筋混凝土
提升的城市上空
夕阳红了几秒钟
旋即又被鹰翅
遮蔽

钥 匙

我的花园
锁着一把锁
能把它打开
只有你

我是说
一把钥匙
只开一把锁

攀枝花

整整一个下午
几乎每一个勇敢的男人
都在比试自己的年轻
都想第一个攀上去
那朵鲜花之上落满云
落满男人的目光

整整一个下午
她那甜美的笑容
是每一个男人
都听得懂的语言
但她眉毛里深锁的愁
未必每一个都看破

整整一个下午
每个人都看见了她的美
阳光浇洒每个人脸上
幸福触手可及
却只有那么一个人
最后能把她轻声地呼唤

蚂 蚁

一位命比纸薄的装修工
从五层高的楼房摔下来
足以花去他的余生
来不及尖叫，世界
将在他的眼里立刻黑过去
他的太阳再不会升起
惟有从他脑袋溅飞的
对柴米油盐的渴望
将被地面上的蚂蚁
啃食、啃食

一张弓

从老家到县城
只有一张弓的距离
弓那边
我多苦多难的二姐
弓这边
小小的我

从老家到县城
只有一个电话的距离
电话那边
二姐欲言又止的倾诉
电话这边
窄窄的天空

可是啊，这么沉的弓
弟弟这么小的力气
怎么拉得动呢

那 时

那时我们头脑简单而发热
身体轻得随时可以飘起来
那时我们不会算计一天的时长
不会设想舌头冒失的后果
那些伟大的抱负，好像触手可及
现在偶尔忆及，脸不由发烫

那时的天空好像没有现在这样灰
池塘里的水好像没有现在这么脏
那时下一场雪，我们嬉笑一场
下一阵雨，我们尖叫一阵
那些五彩的梦想，似乎真是真的
现在偶尔忆及，年轻了几岁

那时我们说好一起去看海
多年后，我们却彻底被海一样
辽阔的琐事所包围，骨骼重得
直不起来。曾经坚定的誓言
喘不出粗气。现在偶尔忆及
嘴角不由一咧，差点笑出声来

情人节的问候

素未谋面的两个人
一夜间被怀旧的父母
指认成世俗的夫妻
脚下的河流流行多远
他们风雨同舟多远

这艘被碗筷压弯身子的小船
驶过险滩，游进喧嚣的闹市
他们不约而同抓紧儿子的手
故意把头抬得那么高，那么神气
顾不上互相偷看一眼

现在他们就要游出霓虹灯的目光
两岸情人们的嬉笑就要听不见
他佯装一不小心，倏地牵住她的手
这一触电似的碰撞啊，夸张而真切
冒失但温暖，恰似一段电影的特镜

盟

一只眼睛亮着

另一只

不会黑

一碗炒面的忧虑

一阵劈头盖脸的飓风
足以中断一轮精心策划的远游

一声海浪突然的怒吼
足以淹没一次全速冲锋的逃遁

一瞬大地心脏的抖动
足以让一片阴影扭曲、变形、失态

一场迅雷不及掩耳的暴雨
足以让一个孩童患上胆小怕事的顽症

一岛百年不遇的海啸
足以让人们健忘，并心存侥幸

红 尘

肯定有这么一只鹰
这只鹰翻越群山之上的群山
在群山昏睡的时分
这只鹰燃烧成夕阳

肯定有这么一匹狼
这匹狼闯荡江湖之外的江湖
在江湖汇合的角落
这匹狼坐化成岛屿

肯定有这么一个人
这个人占卜祸福之中的祸福
在祸福破译的瞬间
这个人看破了红尘

他们从未算计过今生
从未怀疑过来世

抽 身

昨天是用来反悔的

早知如此，何必当初

没有人能轻易原谅昨天

正如没有人会拒绝

再来一次

今天是用来自慰的

向北疾走，往南抽身

没有人能轻易否定今天

正如没有人会怀疑

迷路时的路

明天是用来揭晓答案的

谁想不到，谁做不到

没有人先知先觉

正如没有人能预卜

风的寿期

三天之中一天是用来睡觉的

正如我们村子的吉火木呷
死了一般从昨晚昏睡到了今早
此刻，有人在传播谣言，以正视听
有人在清理嗓门，以便哭泣

阿 芝

那个拐弯，一直坐着
卖冰棒的阿芝

冰棒柜还在，那个拐弯
阿芝不见了

阿芝会不会是被哪个浑蛋
给拐走了呢

分别的海

仅仅一个眼神的疏忽
杜鹃花便羞红了脸
漫过那年笑卧的情人坡
待我追上她的衣角
已是猴年马月

仅仅一个岔口的迷失
雪莲花便融化了雪
流入滚滚向东的金沙江
待我听见她的心跳
已是天涯海角

那些携手并肩的人呐
谁错过了谁的天长地久
他们走着走着，时间之鞭
击松他们紧扣的小手
像一片尖石分开的一眼泉
流向相隔万里的两湾海

出 卖

她的红是孤谲的
却奇迹般被眼睛遗忘

她被那人相中是不幸的
却幸运地被诡秘的远方隆重地运走

多年后，她满口流利的普通话
像个衣锦还乡的读书人

私 奔

就此坐下来吧，或者盘腿
或者找个石头垫子，或者顺天意
青草密实，坡度还算平缓
雏鹰刚刚从天空学会降落的技巧
雾霭告别峰峦，正要作升腾的冒险
思念弥足珍贵，就此坐下来吧

把盗匪的偏见统统抛到脑后
把文雅的怨恨统统丢进鸡冠子山洞
四川方向大凉山早晨的炊烟
一股耕牛的尿臊味，生活充满
荤素交杂的诗意。云南这边
小凉山的太阳刚刚露出羞怯的肚脐

就此坐下来吧。歌声穿透云层
鸟语嬉戏树叶，野花借风引诱蝴蝶
现在，我们可以模仿他们的动作
对礼俗不予理睬，对爱恋寸土不让
那些流言权当贺词，那些蜚语
权当羡慕嫉妒恨，那些眼神
谁也不必刻意去避让

云 开

谣传当年乡下，一场大火从天而降
太阳收走磨刀石，月亮遗弃屠牛剑
睡梦中惊醒的猴群拖儿带女
翻越刻薄的悬崖。那脚后的血印
慌作后来迷惑无数过客的壁画

燃透而炸的青冈柴火，打草惊蛇
倾巢出洞的地下王族，慌不择路
滚滚向东的河流，隔断两岸
如流的对答。谶语随风飘下来
那声声凄凉的呼唤，童子莫听

现在轮到我，坐在宁蒗县城
从林立的楼房，从一张转椅
望见洁净如雨后的早晨
更远处的山上，一朵掉队的云
缓缓散开，旋即露出湛蓝的天空

万 象

一场暴雨带走蚂蚁不知疲倦的奔波

带走草道和叶路。一阵飓风带走

麻雀食管以内小心的跳跃，带走

柳墙和竹壁。另一场暴雨带走苦荞籽

饱满之后枯萎的花瓣，带走芸豆发芽之前

破壳的力量。另一阵飓风带走杜鹃花

芳香之前煎熬的剧痛，带走桦树

发黄之后沉默的轻松。又一场暴雨带走往事

又一阵飓风带走烟云。转瞬而逝的物象

模糊，不可信任。恍惚，恰似骗局

之前的万万年，万万年的挣扎

相对于人的寿命，实在过于久远

之后的万万年，万万年的变奏

相对于心的跳速，实在过于漫长

而遗言，仅仅是你一厢情愿的意旨

人 海

亲爱的，街上的行人零零散散
世界静得吓人。如此小的小镇
除了思念，没有什么是秘密
隐私显得那么不道德；一杆烟
工夫，我们便熟悉了彼此的嘴脸
而你不同，几乎不用连线
我便听见你都市的熙熙攘攘
那声音，淹没声音的人群
如果此刻我迎面走过去
你肯定认不出来

夜 空

窗外的灯火星星点点
凌乱而凄美。人间距离天堂
太远了，梦幻般虚假

我们像夜行动物，像一粒粒
散落的果实，飘飞在盲目的夜空
一万米之下，萤火虫点亮了翅膀
像发光的玻璃碎片：那些大城市
那些夜晚荡漾、凌晨出发的山丘

而那些因粗心而滑落的忧伤
会不会砸向哪颗不幸的心脏
会不会给它以沉重的负担

对 手

你固执，我轻狂，我们棋逢对手
你如烈焰，不点燃眉毛不罢休
我像泉溪，不见到大海不回头
我们水火不容。我们都企图
直刺对方胸腔，掏出心脏跳跃的红
我们都渴望占有一切，互不相让
像两头鲁莽的公牛，死死顶着
既然投降意味着受伤、懊悔、不甘
那我们就这样一直顶下去好了
直到门牙全部打落，双方一齐倒下

被喇叭叫醒的黎明

追赶什么呢。一阵汽车喇叭
在一声轰响之后擦着玻璃墙壁
滑过街面，在另一辆汽车呼啸而至之前
消失在不远处某扇忘了关拢的窗前

之前，几声鸡鸣叫醒了某人的呓语
之前，一群叫不出名字的小鸟
也曾如此惊扰我的梦

它们从门前老树上醒来
更远处，是一棵棵奋力爬向山顶
养活了无数斑鸠和松鼠的青冈树

小 路

像雨后蘑菇，全寨子的绵羊

挤满坡上的原野，恍然如梦

又栩栩如生。像抖动翅膀

阿芝抖了抖手指，弹唱《妈妈的女儿》

一首古老的苦歌。唱到情深处

一阵猛烈的风从石秋波惹吹来

吹乱了童年，栩栩如生

又恍然如梦。哦，春来了

窗外崖上的羊肠小道

像一根注满五彩霓虹的井绳

通向一个叫大观坪的山寨

通向阿依阿芝的家

恐高的人呐，请绕行

羞怯的光

山上，只有我一人走走
停停，像一匹误入仙境的狼
只有我一人念念有词
万物，都唱出了声音
山下，一万条溪水在自由
流淌，它们像极了一个人的动脉
它们身上游动着一条条金鱼

而对面山腰青冈林深处
一间黄板屋隐约露出半张脸
它的男主人，或许是你叔叔
或许是我失散多年的堂兄
那屋顶上闪射银光的压木石
多像老家那几个，躲在门背后
偷窥客人吃相的放牛娃
因为羞怯，他们脸上的笑容
多像桃花，多像菊

信

桃花是春天写的信
雪花是冬天写的信

我写的信
在夜里

每当夜幕降临
繁星点点

名 字

他喊卡洛斯

我喊卡罗惹

大意一致

我们喊的

都是儿子

他叫拉莫斯

我叫拉姆惹

发音其实也一样

只不过翻译的字面

有所不同

想想也释然

斯和惹

狗蛋或狗剩

并无二致

只不过你叫着

答不答应罢了

看 我

我放弃了幻想

犹如翅膀放弃了盘旋

你应该来看我

看我在山间狂舞的疯癫

看我在溪边沉思的静谧

看我漫无边际的散游

看我语无伦次的梦呓

看我拥挤在绵羊群般前行的人流

眼里却很孤单的神情

看我湮没在鸟语花香虫鸣的森林

心里却很寂寞的模样

看我暴露于火塘的火

看我藏匿于泪光的泪

看我追着你憨笑

看我抱着你痛哭

看我等一场雨,等一道彩虹

等一阵春风,等一个人

你应该抽空来看我

我坐在山里太久了

山门外

世界给我的第一印象，色彩单调
背景模糊，恰似一部黑白影片
两岸一晃而过的山，那么高
那么不可攀比，无厘头的梦
一条清澈见底的溪水从青冈树林
缓缓流逝在桦树林，它比纪录片中
有名有姓的河流，干净了许多
一根溜光的独木桥横在沟堑
与崖上的羊肠小道，好有一比
桥下蛋白的卵石，不怀好意
发出贼亮的光；沟边蛋黄的荞麦地
和风低语，翻滚一层层波浪
父亲的背影，微微亮；母亲的声音
淡淡香。背负我前行的堂兄
一言不语，眼睛紧紧盯视脚下
像是被纤绳系在了路上
那信徒般虔诚的脸，感动山
感动水。而世界给我的第一印象
那么遥远，那么不可信，以至于
全然忘了针尖麦芒的细节

门

灯关了
心，开着

许多愁

你的绚烂
一直在眼里
一直像朵花

你的泪水
一直无缘见
无缘轻轻帮你擦

但愿背地里他面前
你都没哭过
他也没有机会帮你擦

选　择

如果让鱼儿选择
鱼儿会闭上眼睛游向大海
可池塘呢，网罟呢
垂涎三尺的西门庆呢

如果让鸟儿选择
鸟儿会拍拍翅膀飞向天空
可竹笼呢，弯弓呢
半路杀出的程咬金呢

而你是自由的啊，亲爱的
你选择了欢唱的花，鼓掌的手
我选择了哑默的根，孤寂的路

而你是决绝的啊，亲爱的
你有你天衣无缝的理由
我有我一言难尽的悲伤

怀旧的字

雪山下，溪水潺潺
小桥尽头，古乐悠悠
一群学童打闹着
追逐风，秋叶黄了一院

那年他们高谈阔论，天南
地北，对风景不屑一顾
他们揪红春天的耳朵
而你小鸟依人，望着远方

那年在你手心刻下的字
你知我知，他们不屑一顾
那个撩人的字，怀旧的字
至今还在心中扑扑跳

多年后，雪山下
溪水潺潺，古乐悠悠
秋天深处，你的眼里荡着
紫蝴蝶，蓝蝴蝶

那 夜

哑巴阿三是幸福的

他不用说话

傻子木甲是幸福的

他不用思考

你不如他洒脱

我更甚

活得拘谨的缘由

你我心知肚明

隔壁游子的梦呓

闪电的焰火

他的不安

仿佛发自我喉咙

那，夜的美好

仅仅忆念一念

足以让冬天

心血来潮

风不可挡
云，孤寂至山上
他心头的雪越积越厚
寒夜霜白

光阴谣

他不懂轻重，像一匹烈马
他不知深浅，像一条野犬
他耗光了银锭般白花花的好时光

他好不容易活到三十八岁
昨天，猝然倒在人世的路上
像一颗天空丢给大地的流星

他的死因很简单
无非一粒不长眼睛的石子
石子的起因更简单
无非一句万无恶意的玩笑

他的亲人的悲伤，源于哀恸
他的亲人的泪水，源于惋惜
而他的亲人终将——老去
他的音容笑貌，终将被遗忘

终将被遗忘，音容和笑貌
没有谁能例外，除非上帝
不是么，生活就是慢慢老去

她的名字叫红

在爱的年纪
我们曾匆匆丢弃了爱
就像匆匆丢弃废旧的课本
我们铁了心要诵读经典
却全然忘了年轻人
雪一样洁白的翅膀

我们追着风跑
我们追着云跑
我们追着蝴蝶跑
我们追着花朵跑
把花朵般灿烂的人
丢在一边

昨天适巧路过茨坝镇
蓦然回醒时光已逝二十年
那悻悻走向黑龙潭的男子
仍然是我
而植物园里走来的红衣女
已经不是她

世 道

一排排蚂蚁
茶马古道上一排排涌过
它们原谅了公马
它们原谅了母马

一排排蚂蚁
阳光大道上一排排涌过
它们原谅了大人
它们原谅了小人

一排排蚂蚁
羊肠小道上一排排涌过
看上去像早出
看上去像晚归

时间的沙漏

簌簌而过是风
簌簌而过是叶子
簌簌而过是沙粒
簌簌而过
活生生一个年轻人

笨不笨啊他说
懒不懒呐她说
烦不烦啊他说
犟不犟呐她说
滚一边去滚得远远的他说
滚一边去滚得远远的她说

一个活生生的年轻人
现在滚得远远了
他滚出了地球
他滚出了人间

现在整个地球
都是她一个人的了
整个地球，啥用呢

信 徒

没有一个人是轻松的
我更诡异，生来忧郁

我本肉食动物
惯常昼伏夜出
因为土豆和玉米
我停止了追逐

牛羊鸡猪
全是赌徒
因为土豆和玉米
它们亦步亦趋

输了，赢了
一如朝圣者匍匐

红的一瞥

路过人世花园
见过无数美艳的花朵
其中一朵
真是香麝勾魂

亲爱的园丁
请不要多虑
我只是多看了一眼
至多
向她吹了一声口哨

别无他意
真的
我只是吹了一声口哨
她是惊心的一朵

原谅他们

发了十三封短信
只有一人回
内容极简单：算了吧

事实上，内容简单也好
用心良苦也罢，谁用不用
心良苦，谁知道

我关心的是
多少在意内容简单的男人死了
多少在意用心良苦的男人死了

事实上
我关心不关心
他们都注定死了

幸好，他们还有儿子
他们还有女儿

他们必将路过幸福的门口

幸好，我家父亲大人生前说
有人路过，应该问声好
我也给儿子如此这般说

图书在版编目（CIP）数据

飞越群山的翅膀／阿卓务林著. -- 北京：作家出版社，2019.1

（中国少数民族文学之星丛书）

ISBN 978-7-5212-0371-4

Ⅰ.①飞… Ⅱ.①阿… Ⅲ.①诗集－中国－当代 Ⅳ.
①I227

中国版本图书馆CIP数据核字（2019）第031553号

飞越群山的翅膀

作　　者：阿卓务林
责任编辑：史佳丽　李亚梓
特约编辑：杨玉梅　郑　函
装帧设计：孙惟静
出版发行：作家出版社有限公司
社　　址：北京农展馆南里10号　　邮　　编：100125
电话传真：86-10-65067186（发行中心及邮购部）
　　　　　86-10-65004079（总编室）
E-mail:zuojia@zuojia.net.cn
http://www.zuojiachubanshe.com
印　　刷：中煤（北京）印务有限公司
成品尺寸：152×230
字　　数：137千
印　　张：13.75
版　　次：2019年6月第1版
印　　次：2019年6月第1次印刷
ISBN 978-7-5212-0371-4
定　　价：38.00元